陳沆

的状元卷和试帖诗

阎生权 校注

浠水县博物馆 编

中国文史出版社

陈沆像（根据《清代学者像传》）

陳沆應嘉慶殿試中狀元卷

武誥戎之法洵整飭之當先乃講求之倍
切爾多士論秀於鄉用賓於國佇聞讜論
式贊嘉猷唐虞授受不外一中嗣是仲虺
言建中孔子言用中中者帝王之心法即
帝王之治法也其言惟精惟一即孔門明

善誠身之說所自出歟詩頌不剛不柔傳
稱寬猛相濟蓋言中也乃漢興之始綱漏
吞舟諸葛治蜀赦不輕下寬嚴不同同歸
於治何歟泰之九二備陳保泰之道其與
論語寬信敏公之旨有相合歟司馬光論

人君之德有三其才有五而為道則一其
於中庸達道達德人存政舉之義可相通
歟大學平天下一章專言財貨用人二事
何歟朕際重熙累洽之時深惟長治久安
之道所以鞏丕基於永固登郅治於大同

三

其要可得聞歟昔賢論富教之道曰易田
疇薄稅斂立學校明禮義方今之世農務
墾辟而地鮮遺利賦惟正供而時予蠲除
設國學鄉學以教士宣
聖諭廣訓以教民法慕備矣而未能民皆足食

户盡可封其故安在井田庠序古法既不

可行講約勸農文或且滋擾蘇洵田制

之議柳宗元種樹之篇其明鑑也將欲順

人情而收實效其道何由夫民生風俗國

家之元氣也大小臣工於民皆有父母師

四

保之責使徒從事於簿書案牘而置本務

於不圖豈稱識治體培國脈者乎古之循

吏轉凋散為沃饒化頑愚以禮讓如召杜

文翁之流豈徒恃講求之有素才略之過

人歟書曰慎乃儉德惟懷永圖誠以奢儉

之間君心敬肆所由分風俗淳漓所由辨
也方今太平久而生齒繁人情自質而趨
文物力雖豐而易匱有如漢詔所云雕文
刻鏤傷農事錦繡纂組害女紅者習染既
久富者僭而踰制貧者濫而為非豈細故
哉朕躬行節儉出於天性時頒訓言冀挽
薄俗乃詔書屢下淳樸未臻將欲嚴法制
以繩之又慮奉行不善適以病民將何以
移風而易俗耶古之卿大夫若楊綰盧懷
慎杜黃裳之徒高節清標聞者感而自化

羔羊素絲風流如在今何必異於古所云
也兵可百年不用不可一日不備整軍經
武先王所以保太平也然有空籍而無勝
兵徒滋糜費則簡閱為要矣漢代訓練之
法有都試郡肄都講貙劉卜射諸制其詳

若何唐時講武都外宋有大閱之典其法
若何文獻通考載兵有五練厥目安在我
朝以弧矢威天下
家法罔敢怠荒侍衛禁軍躬親校閱屢諭掌兵
大臣盡心簡練又以時舉行大閱教演陣

法每歲行圍肄武習勞至直省營伍亦嚴
飭將軍督撫提鎮等勾稽較核其果能選
驍銳汰老羸以得實用乎條整犀利變更
告廒以精器械乎後使兵丁攤扣糧餉不
加懲儆何以肅戎政乎夫圖治所以經邦
遂生繼以復性節用以裕民食振武以壯
國威凡此四端參互考訂則軌迹易遵通
變化裁則推行盡利多士學於古訓通知
時事拜獻厥有先資遠獻尚期辰告勉殫
素蘊毋襲陳言朕將親第焉

應

殿試舉人臣陳沆湖北黃州府蘄水縣優貢生中式嘉慶癸

酉科本省鄉試舉人候補國子監學正應嘉慶巳卯

萬壽恩科會試中式恭應

殿試謹將三代脚色開具於後

曾祖嘉齋 故不仕　祖士珂 故不仕　父光詔 存仕

臣對臣聞制治所以經邦安民在乎立政同風必先謹度

奮武斯足除奸遏稽載籍書凛時幾之訓禮垂樂利之文

易詳制節之占詩美共武之服備哉燦爛崇閎之式也伊

古帝王紹天闡繹冠德卓躓圖久大於經綸錫平康於府

事□倫以箴無逸詰兵以戒不虞莫不本虔恭抑畏之心

為駿固敦龐之業用是無偏無黨久道成焉引養引恬民

九

心革焉以禮以時財求阜焉有嚴有翼組練精焉所由覆
露芸生陶甄品彙胥一世而躋之仁壽者恃此道也欽惟
皇帝陛下道光謨烈功洽修和裁靡俗以還淳整戎經以警遠
囪巳飭幾安止而德編羣黎慎儆永圖而威宣列服矣乃
巴不遺緻微景郅治之上儀冀翼羲之有得進臣等於
之以肇丕基行實政敦本俗簡戎行之至計如臣擒
杌不足以知體要顧當對揚伊始之時念敷奏以言之義
敢不敬述厥音所誦習者以効管窺蠡測之微恍乎伏讀
有曰唐虞授受不外一中帝王之心法即帝王之治法而
因推求夫長治久安之道此誠經世之本圖也臣謹案執
中之說始於虞書嗣是仲虺言建中孔子言用中天德王
道一以貫之然而精一者執中之本也孔穎達正義云立

所以安人人心危則難安安民必須明道道心微則難

明將欲明道道必須精心將欲安民必須一意蓋惟精所以

研其幾故中庸言明善即申之以學問思辨亦惟精之說

也惟一所以踐其實故中庸言誠身即申之以固執篤行

准一之說也且所謂中者非執一之謂也詩頌不剛不

柔傳稱寬猛相濟當剛而剛即為中當柔而柔即為

中當寬而寬寬即為中當猛而猛猛即為中漢興之初除

秦苛政約法三章而治諸葛亮之治蜀矯劉璋之弊威之

以法限之以爵而亦治中豈有定形哉泰卦二爻曰包荒

即論語寬則得眾之義曰用馮河即信則民任之義曰不

之遺亦亡即敏則有功公則說之義故統之以得尚乎中

一非保泰之要歟司馬光論人君三德曰仁明武與中

十二

仁勇三達德相符大學平天下章論絜矩之道而特

為理財用人誠以二者平天下之大端故舉以概其餘耳

上至誠不息行健無疆咸中慶而泰道成誠帝者之盛軌哉

人曰昔賢論富教之道曰易田疇薄稅斂立學校明禮義

因思順人情而收實效臣惟井田庠序先王所以治天

下大法也乃古者土不盡闢而民饒於財後世地無遺

利而民絀於食古者立教□而士服於善後世課程加

而士□於喻論者遂歸咎於井田之壞庠序之不如古

然而宋儒有言善治者得聖人之意而不膠其迹迹也

聖人因其一時之利而制之也欲民之無貧崇其本而

可矣何必井田欲民之無匿反其經而可矣何必庠序蘇

述董生田說柳宗元之論橐駝種樹非泥古者之明

且夫民生風俗國家之元氣也守令者百姓之表也
大令者又守令之表也簿書案牘苟奉法而忽本圖既不
足以知治體講約勸農務虛文而無實意亦豈足以厚人
心古之循吏如召信臣守南陽興水利禁游民露宿課耕
野有儲積杜詩守南陽修陂塘灌田比室殷足不愧為
者也文翁守蜀起學宮造士聲教大洽比於齊魯是

為師保者也教民之官果能轉凋敝為沃饒化頑愚
讓是亦民之父母師保也是亦令之召杜文翁也我
民依仁周義浹大小臣工宜何如勵精以襄盛治乎
倫之間君心敬肆所由分風俗醇漓所由判此誠
豐防倫於逸之至計也臣閭尚倫者開福之原聖
可以導瞰可以奉生是以下皆法其服而民爭學

浠水文庙大成殿

序 言

　　阎生权先生的《陈沆的状元卷和试帖诗》是浠水历史文化整理和研究的又一重要成果。

　　浠水是鄂东的文化大县，历史悠久，文物古迹和文化名人众多。县城左近的名刹清泉寺，始建于南朝，宋代大文学家苏轼被贬黄州期间，曾游历于此，留下了千古名句。此地还遗有羲之墨沼和陆羽茶泉等名胜。元末罗田人徐寿辉率红巾军反元，建立天完国，都城即设在清泉寺。县境内更有保存完好的历史遗址文庙。文庙始建于唐代，亦称儒学，为鄂东地区建筑规模最大，所藏古籍最多的官学旧址。浠水儒学曾是鄂东的最高学府，在文化传承和人才培养上功绩卓著，浠水仅明清两朝就考上进士110名，与文化教育重镇产生的文化辐射力不无关系。清嘉庆二十四年（1819）中状元的陈沆，就是古代浠水文化名人的杰出代表。作为浠水历史文化的地标之一，一代又一代的浠水人对陈沆只闻其名，不知其实。现在有阎生权先生对陈沆的状元卷和试帖诗进行校注，成书出版，世人终于对何为状元卷、何为试帖诗有了直观而具体的了解，不仅增加了历史文化知识，而且通过理解陈沆的状元卷和试帖诗，今人得以了解到古代人才选拔的标准和工诗擅文的古代读书人的文化修养、道德境界及经邦济世的才智，这些经过严格的文化考试进入国家治理队伍中的文官，绝非孔乙己那样的冬烘先生或迂腐不堪的书生，而是对历史文化和国家的政治、经济乃至军事现状及走向有深刻认知的知识分子，这些士人与统治者相互依存，使得皇权社会与中国文化能延续数千年之久。从状元卷可以看出，古代科举考试中的策论内容，对应考者的文化知识含量和政治思维能力的考核难度大，要求高。这也就不难理解，为何古代的朝廷和地方官员，既是称职的行政管理者，又是个性鲜明的文化创造者（能进入文学史的诗人与作家），这对认识古代政治文化和今天改革官员选拔制度，不无启示。从这个角度看，阎生权校注陈沆的状元卷和试帖诗，实在是一项功德无量的文化工作。

陈沆前后的文化名家，居浠水的代不乏人。清代之前有庞安时、官应震、姚明恭等，近代以来有汤化龙、闻一多、徐复观等，县域文化土壤上，能够生长出文化的参天大树，这是值得探讨的文化现象。不惟历史文化名人，前边提

陈沆
的状元卷和试帖诗

到的清泉寺、儒学等古迹和天完国建都、张献忠屠城等历史事件，作为文化遗存，都有加以开掘、整理与研究的必要。这不仅是文化保存和文化传承的题中之义，也是当下乡村文化振兴的抓手。如果扩大视野，浠水方言、浠水民间文艺、浠水的古代官学与私学等，都有研究价值。在历史文化的整理与研究方面，多年以来，浠水的政府部门，一直相当重视，投入不少的人力和物力，也有文史爱好者和学者自发进行专题研究，取得了不少成果。然而，如何扩大研究队伍，利用县域以外的关心浠水文化建设的社科研究力量，全面系统地对浠水的历史文化进行整理，编撰"浠水历史文化大系"丛书，将浠水历史文化尽可能完整地书面化，为浠水历史文化打造实实在在的载体，重塑浠水的文化形象，一直是我们这些回乡的文化工作者的夙愿。从事历史文化的开掘、整理和研究，是一项学术工作，要求从事这一工作的人具备相应的研究能力，要有求真的学术态度和遍览且能处理典籍的考据功夫，在这方面，阎生权是合格的人选。事实上，他已在浠水文史研究上自着先鞭，从西藏局级行政岗位上退休回浠水不几年，已经完成《千年古刹清泉寺》和《浠水方言词考》等浠水历史文化整理研究成果，如今《陈沆状元卷和试帖诗》也告杀青，反映出他的文化责任感、旧学功底与阐释能力，表明他是名副其实的文史专家，堪当领衔整理浠水历史文化的大任。浠水人陈沆考上状元距今已有205年，阎生权第一个将陈沆的文化贡献公之于浠水文坛和公众视野，完成了传统文化的创造性转换，看似偶然，实则说明地方文史的整理依赖的是有准备的头脑。有了阎生权这样的一批文史学者，浠水历史文化的再生就不再是空想，也不会再延宕。

是为序。

毕光明

毕光明　湖北浠水人，武汉大学文学博士，海南师范大学文学院二级教授，博士生导师。中国小说学会副会长，中国当代文学研究会常务理事，中国世界华文文学学会副监事长，中国作家协会会员。享受政府特殊津贴专家。

目　录

状元门

一、简　介

　　陈沆（1785—1826），原名学濂，字太初，号秋舫，室名简学斋，又名白石山馆，被魏源称为"一代文宗"。湖北浠水县人，中国清代诗人、状元、文学家，清代古赋七大家之一。

　　陈沆出身于下层官僚家庭。清嘉庆十八年（1813）中举。清嘉庆二十四年（1819），中进士一甲一名，授翰林院修撰。道光初年（1821），曾充广东乡试正考官、礼部会试同考官，称得士，官终四川道监察御史。道光六年（1826）去世。

　　陈沆于嘉庆后期至道光初年"以诗文雄海内"（周锡恩《陈修撰沆传》）。他对龚自珍十分倾倒，称其所著古文为"奇宝"（陆献《简学斋诗存跋》），又与魏源为"讲学最契之友"，"有所作必互相质难，期达于精而后已"（陈曾则《先殿撰公诗钞后序》）。他著《诗比兴笺》，着意推求古人通过比兴手法言志讽世之意，主张"文字非苟作，有物乃足尊"（《杂诗》）。陈沆的诗较富有现实内容，反映了嘉庆年间日益尖锐的社会矛盾。如《朝城》《河南道上乐府四章》《濮州道中》《兰阳渡》等，揭示了吏治的腐败，民生的凋敝，贯穿着作者济世悯民的胸怀。赠答之作，也富有真情实感。不过由于作者中年以后锐意朱熹之学，诗作多有性理色彩。

陈沆的诗既不墨守古人，也不随俗转移，其诗造意刻苦而出以自然，语言琢炼而达于质朴，才情流溢而气韵沉深。陈衍论道光以来诗学时，将陈沆列为"清苍幽峭"一派之首，说他"用人人能识之字、能造之句，经匠心熔铸，遂无前人已言之意、已写之景，又皆后人欲言之意、欲写之景。当时嗣响，颇乏其人"（《石遗室诗话》卷二），指出了他在晚清诗发展中的地位。

著名学者闻一多也曾高度评价过陈沆的诗，说陈沆的诗歌"骨重神寒，直逼少陵（杜甫）矣"。

陈沆著有《近思录补注》14卷，《简学斋诗存》4卷，《简学斋诗删》4卷，共收诗360余首，《白石山馆遗稿》，《诗比兴笺》4卷，《简学斋集》6册，《简学斋诗存》4卷，《馆课赋存》1卷，《馆课试律存》1卷，《馆课赋续钞》1卷，《白石山馆诗》则是作者手录诗稿的复印，其诗均见《诗存》。《蕲水县志》卷二十二《艺文志》录《咏史乐府》13

陈沆
的状元卷和试帖诗

首，为集外诗。

陈沆所留下的文章不多见，但赋文极多，仅在《陈沆集》中就收录了 70 多篇。陈沆的状元卷是我们所能见到的唯一文章。

在《陈沆集》和《历代金殿殿试鼎甲朱卷》中都收录有陈沆状元卷，但在浠水博物馆中只保存了一张残卷。

三种存卷中，浠水博物馆存本与前两种版本的文字差异较大。经咨询有关专家，浠水博物馆存版本疑为陈沆之孙陈恩浦所抄，不一定为陈沆本人所书，故此书所用版本为《陈沆集》和《历代金殿殿试鼎甲卷》的对照版。

陈沆的殿试是嘉庆二十四年（1819）阴历四月二十一日在保和殿举行，其中时间和地点都是固定的，即每届殿试时间都是四月二十一日，地点都在保和殿。

陈沆的状元卷是典型的八股文章，其中破题和承题两段，后股和束股两段，中间为起股和中股的内容。殿试的难度在于每句话都要有出处，还有就是有一些生僻的历史知识。陈沆的殿试中，皇帝问了秦代以降的军备和军训情况。卷尾的文字千篇一律，每个卷子都一样。

与状元卷相伴的，还有试帖诗。试帖诗其实也是考卷的一部分，即考科举必须考诗歌。

试帖诗有特别的格律要求，乡、会试用五言八韵，童试用五言六韵。限用官韵，用的全是仄起格。

所谓仄起格，就是第一句的前两个字用仄声，第二句前两个字用平声，叫作"仄起平收"，简称"仄起格"，反之即为"平起格"，这实际只决定于第一句第二个字，因为第一句第一个字是可变的。诗的前两联全用"仄仄平平仄，平平仄仄平；仄平平仄仄，平仄仄平平"，以下第三四联、五六联和七八联依次循环往复。因第一句不用韵，所以只用八韵，就叫作"五言八韵"。

除首联和末联不用对偶外，其余各联均要求"铢两系称"的对偶。在用韵方面，要严格遵守"八戒"，即出韵、倒韵、重韵、凑韵、僻韵、哑韵、同义韵和异义韵均不能用。

试帖诗也有特别的文章结构，即八股组成。试帖诗所以采用八韵排律的形式，就是为了符合当时八股文的结构。每韵上、下两句为一联，首联"破题"，次联"承题"，三联"起股"，四、五联"中股"，六、七联"后股"，结联"束股"。每联一股，合成八股，正如文章的起、承、转、合。下面以陈沆《诗正而葩》一诗作为范例，加以说明：

敦厚诗中意，深思义有加。（破题）
音原安以乐，体乃正而葩。（承题）
芑是文孙草，兰为孝子花。（起股）

陈沆 的状元卷和试帖诗

苹芩思养士，桃李悟宜家。

送客依依柳，怀人采采葭。（中股）

性情骚悱恻，文字汉萌芽。

自有和平听，非徒绮丽夸。（后股）

千秋鸣盛事，根本在无邪。（束股）

陈沇的试帖诗，有27、37和40首三种记载。三种记载中，只有数量的区别，内容并不交叉。

陈沇的试帖诗题目除两个来自历史故事外，其余均来自前人诗句。韵脚从诗句中随机抽取（排除仄声字）。

陈沇的试帖诗用典、化典很多，想象丰富，语言绮丽，展现出了他非凡的才华。

由于在浠水只能看到陈沇状元卷的残卷，且在《陈沇状元诗文选》只收录了8首试帖诗，且未说明主要属性，特将他的状元卷和40首试帖诗整理刊发，以为补色。

此次注释参照前人的做法，重在注典，轻于释义。

文庙科举展状元府

二、嘉庆帝的殿试¹问策²制书

【原文】

四月十一日，策试³天下贡士于保和殿。

制⁴曰：朕⁵寅承⁶昊穹⁷眷命⁸、列祖贻麻⁹，翼翼兢兢¹⁰，于今二十有四年。周挠甲以斟元¹¹，衍长庚而集祜¹²。万方清晏，百谷庆成，四渎¹³安澜，五韪¹⁴来备，豫顺聿隆¹⁵于此日。谦亨¹⁶敢懈于初衷。靡文尽屏，却九牧¹⁷之贡珍；询事维殷，辟四门¹⁸而吁俊。敬惟制治保邦之道，厚生正德之原，去奢崇俭之方，肆武诘戎¹⁹之法。洵整饬之当先，乃讲求之倍切。尔多士论秀于乡，用宾²⁰于国。伫闻谠论²¹，式赞²²嘉猷²³。

唐虞授受，不外一中[24]。嗣[25]是仲虺[26]言建中，孔子言用中。中者，帝王之心法[27]，即帝王之治法也！其言惟精惟一，即孔门明善诚身之说所自出欤？《诗》颂不刚不柔，《传》称宽猛相济，盖言中也。乃汉兴之始，网漏吞舟[28]；诸葛治蜀，赦不轻下。宽严不同，同归于治，何欤？泰之九二[29]，备陈保泰之道，其与《论语》宽、信、敏、公之旨，有相合欤？司马光论人君之德有三，其才有五，而为道则一，其于《中庸》达道达德[30]，人存政举之义，可相通欤？《大学》平天下一章，专言财货、用人二事，何欤？

朕际重熙累洽[31]之时，深惟长治久安之道。所以巩丕基[32]于永固，登郅治[33]于大同[34]，其要可得闻欤？昔贤论富教之道曰：易田畴[35]，薄税敛，立学校，明礼义。方今之世，农务垦辟而地鲜遗利[36]，赋惟正供[37]而时予蠲除[38]，设国学、乡学以教士，宣圣谕、广训以教民，法綦[39]备矣，而未能民皆足食、户尽可封[40]，其故安在？井田[41]、

陈沆
的状元卷和试帖诗

庠序[42]，古法既不可行，讲约劝农，虚文或且滋扰。苏洵田制之议，柳宗元种树之篇，其明鉴也。将欲顺人情而收实效，其道何由？夫民生风俗，国家之元气也。大小臣工[43]，于民皆有父母师保[44]之责。使徒从事于簿书[45]案牍[46]，而置本务[47]于不图，岂称识治体[48]、培国脉[49]者乎？古之循吏[50]，转凋敝为沃饶[51]，化顽愚以礼让，如召、杜、文翁之流[52]，岂徒恃讲求之有素、才略之过人欤？《书》曰：慎乃俭德，惟怀永图，诚以奢俭之间，君心敬肆[53]所由分、风俗淳浇[54]所由辨也。

方今太平久而生齿[55]繁，人情自质[56]而趋文，物力虽丰而易匮。有如《汉诏》所云：雕文刻镂伤农事，锦绣纂组[57]害女红[58]者。习染既久，富者僭[59]而逾制，贫者滥而为非，岂细故[60]哉！

朕躬行节俭，出于天性，时颁[61]训言[62]，冀挽薄俗。乃诏书[63]屡下，淳朴未臻，将欲严法制以绳[64]之。又虑奉行不善，适以病民，将何以移风而易俗耶？古之卿大夫若杨绾、卢怀慎、杜黄裳[65]

之徒，高节清标，闻者感而自化。<u>羔羊素丝</u>[66]，<u>风流</u>[67] 如在，今何必异于古所云也。

兵可百年不用，不可一日不备。<u>整军经武</u>[68]，先王所以保太平也。然有空籍而无胜兵，徒滋<u>糜费</u>[69]，则<u>简阅</u>[70] 为要矣。汉代训练之法，有都试、都肄、都讲[71]、驱刘、卞射[72] 诸制，其详若何？唐时讲武都外，宋有大阅之典，其法若何？《文献通考》载<u>兵有五练</u>[73]，厥[74] 目安在？

我朝以<u>弧矢</u>[75] 威天下，家法罔敢怠荒？侍卫禁军，<u>躬亲</u>[76] 校阅。屡谕掌兵大臣尽心<u>简练</u>[77]，又以时举行大阅，教演阵法。每岁行围，肄武习劳。至直、省、营、伍[78] 亦严<u>饬</u>[79]；将军、督抚、<u>提镇</u>[80] 等勾稽较核。其果能选骁锐、汰老羸，以得实用乎？<u>修整犀利</u>[81]，变更<u>呰窳</u>[82]，以精器械乎？役使兵丁，摊扣粮饷，不加惩儆，何以肃戎政乎？

夫图治所以经邦，遂生继以复性，节用以裕民食，振武以壮国威。凡此四端，参互考订，则轨迹易遵，通变化裁；则推行尽利，多士学于古训，通知时事。拜献厥有先资，远猷尚期辰告，勉殚素蕴，毋袭陈言。朕将亲第⁸³焉。

【注释】

1. 殿试：天子之堂曰殿。清制集各省举人试于京师，曰会试，发榜后皇帝对录取的贡士在殿堂上亲自策问的考试称殿试或廷试。钦定甲第。一甲三名赐进士及第。第一名称状元，第二名称榜眼，第三名称探花。

2. 问策：提出有关经义或政事等问题征求对答谓之"问策"，贡士们回答皇帝提出的问题称"对策"。《后汉书·和帝纪》"帝乃亲临策问，选补郎吏"。

3. 策试：策通册。古代用竹木片记事著书成编的叫策。皇上写在简策上的试题，问难贡士称策试。

4. 制：天子之言曰制。

5. 朕：皇帝自称之辞。

6. 寅承：敬受之意，自谦之词。清弘历的《夏至北郊礼成述事是日雨》"泽祀寅承岁不违，连宵达曙雨丝霏"。

7. 昊穹：广阔的天空。李白《赠张相镐》"昊穹降元宰，君子方经纶"。

8. 眷命：垂爱并赋予使命。张居正《请谕戒边臣疏》"朕荷皇天眷命，嗣承大统"。

9. 贻庥：遗荫福泽后代。乾隆题钱王表忠碑"忠顺贻庥"。

10. 翼翼兢兢：小心恭谨貌。

11. 斟元：斟，选取。元，善庆。即选择善庆意。杜光庭《步虚词》"玉斝斟元醴，琅函启大丹"。

12. 祜：多福。

13. 四渎：古谓长江、黄河、淮河和济水为四渎。

14. 五题：指雨、旸（日光明亮但不热）、燠（温暖但不过热）、寒、风这五种气候。"五题来备"是这五种气候都齐备并且发挥各自的作用。

15. 豫顺聿隆：豫顺，安乐。聿，发语辞。隆，兴盛。刘大櫆《曹氏诗序》"而星槎与夫人，时时作为诗歌，鸣一家之豫顺，以上承堂上之欢。"又钱载《修先师庙成上亲诣释奠侍直恭纪九章》"君道聿隆，师道是钦"。

16. 谦亨：谦逊而不自满。亨，通达。

17. 九牧：地方长官。

18. 四门：谓京都四郊。

19. 诘戎：询问军事。

20. 用宾：用，功用，宾，服从。

21. 谠论：正直之言。

22. 式赞：式，用。赞，赞许。

23. 嘉猷：嘉，善美。猷，谋略。即良好的计谋。《尚书·君陈》"尔有嘉谋嘉猷，则入告尔后于内，尔乃顺之于外"。

24. 一中：一，发语辞。中，此指中庸之道。编者按：不偏不倚、无过与不及谓之"中"。

25. 嗣：承续也。《说文》"嗣，诸侯嗣国也"。

26. 仲虺：殷汤之左相。

27. 心法：通指师弟传授之法。此指治国理念。

28. 网漏吞舟：此指法律太宽，指重大的罪犯也能漏网。《史记·酷吏列传序》"网漏于吞舟之鱼，而吏治烝烝，不至于奸，黎民艾安"。

29. 泰之九二：泰，是六十四卦之一。《周易象义合参补略全书》"当泰之时，阳来于下，不知有上，故九二有包容初阳之象……天下贤人君子，正属观国用宾之时"。

30. 达道达德：《中庸》"天下之达道有五：君臣、父子、夫妇、兄弟、朋友之交也。知、仁、勇三者天下之达德也。"

31. 重熙累洽：谓累世升平。班固《东都赋》"至乎永平之际，重熙而累洽"。

32. 丕基：宏大的基础。此谓帝王之业也。《尚书·大诰》"呜呼天明畏，弼我丕丕基"。

33. 郅治：犹言至治。王韬《制战舰》"然中国向以文德致郅治之隆，武功非其所尚。"

34. 大同：言盛世大和平。《礼记·礼运》"大道之行也，天下为公，选贤与能，讲信修睦。故人不独亲其亲，不独子其子，使老有所终，壮有所用，幼有所长，矜、寡、孤、独、废疾者皆有所养，男有分，女有归。货恶其弃于地也，不必藏于己，力恶其不出于身也，不必为己。是故谋闭而不兴，盗窃乱贼而不作，故外户而不闭，是谓大同。"

35. 易田畴：易，变化。田畴，田地。即应时而播，致力耕作。

36. 遗利：留下好处。《管子·版法解》"不私近亲，不孽疏远，则无遗利，无隐治。无遗利，无隐治，则事无不举，地无遗者"。

37. 赋惟正供：惟与虽通，正，适当。供，给。即赋税虽征收适当。《尚书·无逸》"文王不敢盘于游田，以庶邦惟正之供"。

38. 蠲除：减免与除去。《史记·太史公自序》"汉既初兴，继嗣不明，迎王践祚，天下归心；蠲除肉刑，开通关梁，广恩博施，厥称太宗"。

39. 綦：极。《荀子·王霸》"目欲綦色，耳欲綦声"。

40. 封：富厚。《诗经·商颂》"封建厥福"。

41. 井田：周制授田之法，划为井字形之九区。中为公田，由其余八家私田户共耕。

42. 庠序：乡学名。《孟子》"夏曰校，殷曰序，周曰庠"。意思是"学校"在夏朝时称为"校"，在殷商时称为"序"，在周朝时称为"庠"。

43. 臣工：谓群臣百官。

44. 师保：古时教辅储君之人。

45. 簿书：记载钱粮出纳的账簿。

46. 案牍：文书也。

47. 本务：本职业务。《荀子·王制》"立身则憍暴……之所以接下之人百姓者，则好用其死力矣，而慢其功劳；好用其籍敛矣，而忘其本务：如是者灭亡"。

48. 治体：谓治理体系。贾谊《新书·数宁》"以陛下之明通，因使少知治体者得佐下风，致此治非有难也"。

49. 国脉：国家之命脉。

50. 循吏：谓循良奉法的官吏。

51. 沃饶：言肥润丰厚的土地。《左传·成公六年》"（晋人）必居郇瑕氏之地，沃饶而近盬"。

52. 召、杜、文翁之流：指召信臣（汉元帝时南阳太守）、杜诗（汉光武时南阳太守与召政绩齐名。时称颂有惠政的地方官为"召父杜母"）、文翁（景帝时任蜀郡守，政绩显著）那一类人。

53. 敬肆：敬，谨慎。肆，放恣。魏了翁《次韵薛秘书见遗玉臂格谢书则堂扁额》"谁知敬肆间，德之所聚散"。

54. 风俗淳浇：意即社会风俗之好坏。刘昼《新论·风俗》"风有厚薄，俗有淳浇"。

55. 生齿：古人以生男八月而生齿，生女七月而生齿，依此登记人口。此借指人民。《周礼·秋官·司民》"掌登万民之数。自生齿以上，皆书于版"。

56. 质：质朴。

57. 纂组：彩色丝条。《韩非子·诡使》"仓廪之所以实者，耕农之本务也，而纂组、锦绣、刻画为末作者富"。

58. 女红：旧时指妇女所做的缝纫、刺绣、纺织一类的劳动或这类劳动的成品（红：指妇女纺织，刺绣等活儿）。

59. 僭：僭越。

60. 细故：些微小事。《史记·匈奴列传》"朕与单于，皆捐往细故，俱蹈大道，堕坏前恶，以图长久"。

61. 颁：颁布。

62. 训言：上对下教诲之言。

63. 诏书：皇帝用硬黄纸书写的政令。

64. 绳：纠正人之过失的准则。

65. 杨绾、卢怀慎、杜黄裳：皆为循吏。

66. 羔羊素丝：羔羊，喻卿大夫有洁白之行。素丝，指礼贤下士。《诗经·召南·羔羊》"羔羊之皮，素丝五緎；退食自公，委蛇委蛇"。

67. 风流：言仪表及态度高标异于常人品格。《汉书·赵充国辛庆忌等传赞》"其风声气俗自古而然，今之歌谣慷慨，风流犹存耳"。

68. 整军经武：整顿军纪，经营武事。

69. 糜费：浪费。《三国志·魏志·卫觊传》"陛下无求于露而空设之；不益于好而糜费功夫，诚皆圣虑所宜裁制也。"

70. 简阅：检查挑选。

71. 都试、都肄、都讲：都者，试也。肄者，习也。都试，总试之谓也。都肄谓试习武备也，都讲，谓讲习武事也。

72. 豽刘、卞射：古代肄兵习武之仪，斩牲之和名曰豽刘。卞射，徒手搏击与箭射之术。

73. 兵有五练：指弓矢、戈、矛、殳、戟五种兵器的练习。

74. 厥：其也。

75. 弧矢：弓和箭。

76. 躬亲：言事必亲自为之。

77. 简练：简择而熟练之。

78. 直、省、营、伍：直，侍也，相当于警卫。省，宫禁曰省，负责宫禁。营，五百兵为营。伍，五人为伍。比喻自上而下的各级军队的组织。

79. 饬：同敕，命令也。

80. 将军、督抚、提镇：古代将兵者通称将军。清之将军，秩正一品。督抚，镇守一方的军事长官。提镇，掌统军旅训练教阅，以及督捕盗贼而肃清境内等事之官。

81. 犀利：锐利。《汉书·冯奉世传》"话锋犀利"。

82. 呰窳：呰，弱。窳，恶劣。此处指苟且懒惰。

83. 第：次第，顺序。此指名次。

四月二十一日，在北京保和殿策试全国贡士。

皇帝作制书说：我承上天宠爱，历代祖宗庇荫，兢兢业业到现在已有二十四年了。博采优异而取得善庆，延衍长庚而求得厚福。万方清泰，百谷丰收，四海升平，风调雨顺，百姓安乐。我处事日益谦虚通达，未敢稍懈初衷。尽去饰美之文辞，拒却各地的珍贵贡品，执事殷勤，广开言路。敬奉治国安邦之大道，养生树德之根源，去奢崇俭之方针，习武治兵之策略。真正把整顿朝纲放在首位，而且追求完美。

你们这些士子的言论在乡试中表现优秀，而你们的才能将有益于国家。迫切愿闻你们有益之高论，赞许你们的良策。

唐虞传授治国的经验，不外乎中庸之道。后来殷汤的左相仲虺主张建立中庸的学说，孔仲尼又主张实践中庸之道。所谓中庸者，是帝王心心相印的法则，也是帝王治国平天下的法则，其中谈的全是精益求精的造诣，也即孔子师承明善诚身主张的由来。《诗经·颂》中所言及的"不刚不柔"，《左传》所称"宽猛相济"，讲的就是中庸之道。汉朝初兴之时，法网疏漏，以至于重大罪犯逃脱制裁；诸葛亮治蜀，赦书却不轻易颁布。（以上二者）宽严虽各不同，可都能治国安邦，道理在哪里呢？

《易经·泰卦九二爻》中，详细陈述了保持祥泰的道理，它与《论语》中提到的宽、信、敏、公的要旨相符合吗？宋司马光论人君之德有知、仁、勇三方面，其才能在处理父子、兄弟、夫妇、君臣、朋友五伦之中体现，而为道则一的主张，这与《中庸》所述"人人共由之道，常行不变之德，得其人则政兴"的道理可相通吗？《大学·平天下》一章专言财货、用人二事又是怎样的？

正值累世升平之日，更思长治久安之道。欲求巩固天授人归的基业，达到至治的大同世界，其中的要诀可以告诉我吗？昔日明达之人谈论致富兴教之道说："治田野、轻赋税、兴学校、讲礼义。"当今之世农业开垦已达到了地无余利的程度，正供的赋税还时有减免，已设了国学乡学来教育士子，宣扬圣谕广施训诫来教化庶民，各种方法齐备。可是老百姓却未能丰衣足食，家家殷实，原因在哪里呢？古代劝农的井田制度和教民办学的方法既不可行，提倡俭约劝农的虚文又恐滋扰了百姓。苏询田制之议论（顺乎民情）、柳宗元种树之篇（顺乎物性），是可以借鉴的。我将欲顺民情而收实效，方法从何而出呢？

我深知百姓的生计、社会的风俗关系到国家的元气，群臣百官，对于老百姓来说都有父母般的师保责任。如果只叫其专任计算钱粮、主管文牍，而放弃劝农教民的本职之责，那哪里算得是懂得治民之道、培厚国脉呢？古代奉公守法的官吏致力帮助百姓脱贫致富，感化愚顽不肖为礼让文明。如召信臣、杜诗、文翁那一类人，光靠平素口头上的要求和其雄才大略才超过别人的吗？《尚书》上说"应当谨慎地实践节俭的美德，并且怀有长远的计划或策略"。正是奢与俭之间和君心的敬慎与放肆所由分，风俗好坏所由别呀！

当此太平日久而人口日增，人情由淳朴转变为追求文饰，物力虽丰，终易匮乏。正如汉景帝《令二千石修职诏》中所说，"对器具一味地追求雕刻华丽，必定会妨害百姓的农务；对衣饰要求锦绣和精美的丝制印绶，必定会妨害妇女们的丝织业。"风俗习气感染既深，富人常常僭越法制，穷人无法生存而做坏事。这算是小事吗？我身体力行注重节俭出于天性，时常发布政令希望挽救颓败的风俗，可是屡屡下诏，而民风还欠淳朴，欲严行法治，又怕奉行不当反而伤害了百姓。用什么办法来移风易俗呢？古时的卿士、大夫像杨绾、卢怀慎、杜黄裳那些人，高风亮节闻者尚可感化。他们的廉洁行为，进退有度，风范今天宛然存在，我又何必与古人所云有异呢！

"兵可以百年不用，不可以一日不备。"整顿军事，注重武备，先王所以用来保障太平的法宝。然而籍册上空有其名而无实力制胜之兵，那只是白白浪费了开支。因而经常简阅考察是为要务。汉代训练军队的方法有都试、都肄、都讲、豽刘、卞射等各种体制，详细内容到底怎样？唐时提倡在都外讲武，宋时有规模巨大的阅兵典仪，那些方法又是怎样的？《文献通考》"兵有弓矢、戈、矛、殳、戟五项练习"其要领是什么？

我朝素以弓矢威振天下，家法莫敢荒怠。侍卫禁军，必亲临校阅。屡次指示掌兵大臣要尽心选拔优秀、熟练技能。并利用农闲时间举行大型检校，教演行军布阵之法，每年围猎，练武习劳。至于直、省、营、伍各级，都应令行禁止。将军、督抚、提镇等各级军官务必按兵册上的姓名稽查考核，果真能选拔骁勇、淘汰老弱，以达到实用吗？修整犀利的兵甲，改变苟安懒惰的习惯，能使部队更好地利用武器吗？至于有役使兵丁、摊扣粮饷的现象，若不加惩戒，又怎么能严肃军政呢？

"图治所以兴邦，养生继以适性，节用为了民生富裕，振兴武备以壮国威。"以上四个方面务须参互考订，则制度容易遵循，若加以斟酌变化，那么推行更能尽善。你们众多士子已学于古训，通晓时事，奉献已有先决条件，深谋远略尚希及时上达。务须殚精竭诚陈述平生所学，不要蹈袭陈言。我将亲自确定名次。

文庙晨曦

三、陈沆状元的对策卷

臣对：臣闻制治所以经邦，安民在乎正德，同风必先谨度，讲武斯可宁人。遐稽载籍[1]——书[2]纪绥猷[3]之命，诗[4]歌率育之文，易[5]详制节之占，礼[6]着经仪之典。备哉，灿烂崇闳[7]之式也。伊古帝王[8]绍天阐绎[9]，冠德卓踪[10]，端表极于平康[11]，布经纶于久大，崇俭以敦民俗，简兵以示国威，莫不本虔恭抑畏之心，为骏固醇庞之业[12]。用是无偏无党，上理登焉；引养引恬[13]，群伦育焉；以礼以时[14]，财用阜焉；有严有翼[15]，武备修焉。所由覆露芸生，陶甄品汇[16]，胥一世而跻之仁寿者，恃此道也。

钦惟皇帝陛下，道光谟烈[17]，功洽修和[18]，裁靡俗[19]以移风，饬车徒[20]以讲事。固已时几无逸而仁让咸兴[21]，慎俭永图而威宣列服矣。乃圣怀冲挹[22]，不遗细微，景郅治[23]之上仪，冀刍言[24]之有得。进臣等于廷，而策之敷帝治、笃民生、挽浇风[25]、简军政之要。如臣梼昧[26]，何足以裨高深！顾当对扬伊始之时，敬念敷奏以言之义，敢不勉述夙昔所诵习者，以效管窥蠡测[27]之微忱乎！

伏读制策，有曰："帝王之心法即帝王之治法，其理不外一中[28]而因博求夫长治久安之道。"此诚勤施之至意也。臣谨按蔡沈《书传》[29]曰：二帝三王[30]之治本于道，二帝三王之道本于心。孔颖达[31]《尚书正义》曰：立君所以安民，安民必先明道，明道必先精心一意，精一所以执厥中也。嗣是仲虺[32]言建中，孔子言用中，其源俱出于此。而中庸明善诚身之说，尤足与惟精惟一之旨相发明焉。《诗》颂不刚不柔；《传》称宽猛相济，中之道也。

　　然而汉承秦苛，网漏吞舟[33]而治；诸葛治蜀，赦不轻下而亦治。宽严不同，则所乘之时与地异也。地天交而成泰[34]，《程传》谓：能艰贞者即可常保其泰。又曰：善处泰者，其福可长也。盖德善日臻，则福禄日厚。德逾于禄，则虽盛而非满。是说也，诚为保泰之道矣。九二爻象卦义赅备[35]。其曰包荒者[36]，即《论语》宽则得众之义也；曰用冯河[37]，即信则民任之义也；曰不遐遗[38]、曰朋亡者[39]，即敏则有功，公则说之义也。

　　司马光论人君之德有三[40]、才有五，而道则一。与《中庸》达道达德、人存政举之论，若相符合。至于《大学》释平天下其道莫大于絜矩[41]，絜矩莫大于公好恶，公好恶莫大于理财用人，故特举二者言之。要之丕基[42]永固，则惟视就业之一心也。

　　我皇上设诚于中，观化于久，洵足绍勋华[43]之轨而继轩顼[44]之规矣。制策又以民生风俗为国家之元气，而欲使民皆足食、户尽可封，于以顺人心而收实效。此尤安百姓之全谟⁴⁵也。

臣惟民生不厚，则无以为礼义之资；民德不兴，则又以生奢淫之渐。此井田与学校所以为天下之大命也。使得其意以行之，则虽不必三代之井田而何异？八荒之内⁴⁶，不必三代之学校而何殊？上下之庠，若徒视为虚文，则讲约劝农皆足以滋扰。此苏洵田制之议病于法古，柳宗元种树之篇通于治人，其说有足采也。

今夫君之于民有父母师保之责焉，而凡大小臣工皆与分其责者也。诚使为大吏者公忠以率其属，务相求于人心风俗之原；为群吏者悃愊⁴⁷以宁其民，不徒勤于簿书案牍之末，则安见凋敝之地不可转为沃饶；顽愚之民，不可化以礼让哉！果能父母斯民，则皆如召、杜⁴⁸之守南阳也；肇兴学校则皆如文翁⁴⁹之治蜀郡也。

然古所称循吏，虽讲求之有素，而变通之妙用，讵容以成法自拘。虽材略之过人，而爱慕之实心必难以虚浮相饰，要在识治体、培国脉，庶几劳民劝相⁵⁰，被润泽而大丰美耳。

皇上子惠元元⁵¹，教养兼至一时，小大之臣孰敢不励精图治哉！制策又以奢俭之间，君心敬肆所由分、风俗淳浇所由辨，而欲挽薄俗以臻淳朴。此尤撙节爱养⁵²之至计也。

臣闻尚俭者开福之原。圣人之行此，可以导众，可以奉生，是以下皆法其行，而民争学其容。夫雕文刻镂，伤农事者也；锦绣纂组⁵³，害女红者也。天地之势日趋于文，升平日久，涵濡煦育之民，余万物莫不知有生之乐。于是乎文明之象踵事而增华⁵⁴，其由和乐而习于华靡，由华靡而流为空乏，亦理之所必然，而势之所不可不虑也！

《淮南子》称尧之王天下也，茅茨不翦⁵⁵，采椽不斫⁵⁶，天阙不画⁵⁷，越席不缘⁵⁸。舜之为君也，捐璧⁵⁹于谷，蔬食菲服⁶⁰，无以尚己⁶¹。后世若汉之文帝衣褐无文、而民破觚斫雕⁶²矣。武帝娱游壮观，而民䌷锦被珰⁶³矣。可知同风俗在正人心，正人心在敦礼教，不徒恃法制以相绳矣。至若卿士大夫者，庶民之标准，诚能如杨绾、卢怀慎、杜黄裳[64]之高节清标，则闻者感而自化，不且与羔羊素丝[65]相辉映欤！

我皇上躬行节俭为天下先，生斯世者有不登于熙皞[66]之麻者哉！制策又以兵可百年不用，不可一日不备，因而讲求夫整军经武之道。此尤保太平之至计也。臣谨按《周礼》大司马春夏秋冬有振旅[67]治兵大阅之文。简军实、修军礼，此训练之以时计者也。《汉书》载：连帅[68]比年[69]简车炮正，三年简徒群牧，五载大简车徒，此训练之以岁计者也。汉设南北军，每十月都课试，《汉官仪》[70]则谓在八月；《翟义[71]传》又以为九月。唐讲武都外，则在城西外设四门、五表、六军、五旗之制。宋太平兴国间定四时讲习武仪，按码角射[72]，军仪精锐，后世宗之。夫不选骁锐、汰老赢[73]，则不足以收实用。而其弊尤莫大于役使兵丁，摊扣粮饷。无以得兵心，何以作兵气乎！善哉！苏辙之言曰："天下虽平不敢忘战，农事之隙致民讲武，使其耳习闻金鼓，目习见旗帜，而不至于有所慑。练兵之法，贵先练心。人心齐一，则百万之众即一人之身，而教可成矣。"

圣朝大阅巨典屡次举行，八旗劲旅因时肄习，以奋武卫，以昭戎经，岂不大哉！若此者，基命以升猷[74]；绍天以立政[75]；去华以崇实；整军以卫民。洋洋乎亘千古而立隆者也！臣尤伏愿皇上，治益求治，安益求安，懋[76]日新不已之功，成悠久无疆之化。中和已臻而倍切畴咨[77]，豫制已臻而弥思保乂[78]，法度已明而尤严裁制，兵戎已诘而益勖止齐[79]。平康之福锡；府事之功成；族党之风醇；干城之力裕。猗欤[80]盛哉！协气旁流，淳风四溢，泽施宇宙，经纬乾坤，于以只迓[81]蕃禧[82]，式[83]承多祜[84]。则我国家亿万载无疆之庆基此矣。

臣末学新进，罔识忌讳，干冒宸严[85]，不胜战栗陨越[86]之至。

臣谨对。

嘉庆二十四年四月二十一日

【注释】

1. 遐稽载籍：古代有书可考的典籍。《宋史·列传·卷六十五》"臣遐稽载籍，历考秘文，验灵应之垂祥，顾天人之相接。"

2. 书：即《尚书》，儒家历史典籍。

3. 绥猷：落实安民政策。《尚书·洪范》"皇建其有极"。又《尚书·商书·汤诰》"惟皇上帝，降衷于下民。若有恒性，克绥厥猷惟后"。

4. 诗：即《诗经》。

5. 易：即《周易》。

6. 礼：即《礼记》。

7. 崇闳：高大宏伟。蔡东藩《两晋演义》第九回"室宇崇闳，器服珍丽"。

8. 伊古帝王：那些古代的帝王。

9. 绍天阐绎：继承与发扬光大天道。班固《典引》"厥有氏号，绍天阐绎，莫不开元于太昊皇初之首"。

10. 冠德卓踪：至高的道德与卓越的道路。《后汉书·班固传下》"若夫上稽乾则，降承龙翼，而炳诸典谟，以冠德卓踪者，莫崇乎陶唐"。

11. 端表极于平康：为百姓做表率。

12. 醇庞之业：犹言伟大的事业。杜范《和阳秀才惠诗七绝》

"事已垂成虑正长，民风安得反醇庞"。

13. 引养引恬：引导和培养百姓，使之安宁。《尚书·正义》"引养引恬，自古王若兹监，罔攸辟"。

14. 以礼以时：因时用礼。《孟子·尽心上》"食之以时，用之以礼"。

15. 有严有翼：既有庄重整齐的一面，又有柔和呵护的一面。佚名《六月》"有严有翼，共武之服"。

16. 覆露芸生，陶甄品汇：施恩露于百姓，集品德于君王。

17. 道光谟烈：集高尚的道德、正确的主张以及谋略与功业于一身。《晋书·汝南王亮等传论》"分茅锡瑞，道光恒典"。又归有光《隆庆元年浙江程策第四道》"自昔帝王立极垂统，为后世计，如禹有典则，汤有风衍，文武有谟烈，其子孙能敬承之"。

18. 功洽修和：功绩浸润，修养温和。

19. 裁靡俗：《鼎甲卷》记载为"陈度数"。结合制书分析，应为"裁奢俗"。意思是减裁奢侈浪费的习俗。

20. 饬车徒：整顿车马与仆人。

21. 咸兴：（风气）全兴。周行己《观傅公济胡志衡楚越唱和集因成短句奉赠》"近者咸兴作，无乃或暗投"。

22. 冲挹：谦退。《晋书·恭帝纪》"而雅尚冲挹，四门弗辟；诚合大雅谦虚之道，实违急贤赞世之务"。

23. 郅治：天下大治，清明太平到极点。

24. 刍言：浅陋的言论。《新唐书·王珪传》"今陛下开圣德，收采刍言，臣愿竭狂瞽，佐万分一"。

25. 浇风：浮薄的社会风气。刘昱《广荐举诏》"其有孝友闻族，义让光闾。或匿名屠钓，隐身耕牧，足以整厉浇风"。

26. 梼昧：愚昧无知。郭璞《尔雅序》"璞不揆梼昧，少而习焉"。

27. 管窥蠡测：意思是通过蠡这种小容器来比喻人的见识短浅，无法全面理解事物的真正含义。《庄子·秋水》"是直用管窥天；用锥指地也；不亦小乎"！

28. 一中：刚柔相济，动静适中，是为一中。亦即中庸之道。

29. 蔡沈《书传》:《尚书》学著作。宋蔡沈所作《尚书》注本。六卷。

30. 二帝三王：二帝指的是两位传说中的贤君，分别是唐尧和虞舜。三王则包括三位历史上的著名君主，分别是夏禹、商汤和周文王。

31. 孔颖达：（574—648）字冲远（一作仲达、冲澹），冀州衡水（今河北衡水）人。孔安之子，孔子第三十二代孙。唐初十八学士之一，经学家、大儒、经学家、易学家。

32. 仲虺：商代名相。他在《诰》中提出来中庸观。

33. 网漏吞舟：指网眼太大，把能吞船的大鱼漏掉了。比喻法令太宽疏，致使罪大恶极的人逃脱了法律制裁。

34. 泰：平安、安宁。

35. 赅备：完全、完备。

36. 包荒者：胸怀宽广之人。

37. 用冯河：敢于赤脚过河，敢于冒风险。

38. 不遐遗：不因路远而改变初衷。

39. 朋亡者：不因失去朋友而入迷途。

40. 德有三：儒家提倡的三种德行。《论语·子罕》"子曰：知者不惑，仁者不忧，勇者不惧"。知，用同"智"。《史记·平津侯主父列传》"智、仁、勇，此三者天下之通德"。

41. 絜矩：行事的法度、规则。《礼记·大学》"所谓平天下在治其国者，上老老而民兴孝，上长长而民兴弟，上恤孤而民不倍，是以君子有絜矩之道也"。

42. 丕基：宏大的基础。

43. 勋华：指尧舜。

44. 轩顼：指轩辕和颛顼。

45. 全谟：犹言全部策略。

46. 八荒之内：八荒也叫八方，泛指周围、各地。"八荒"的"荒"意味着荒远之地；而"八"代表八个不同的方向，因此八荒之地指四面八方遥远的地方。八荒之内指四个基本方向（东、南、西、北）的基础上再加上四个相对的方向（东南、西南、东北、西北）总共八个方向。这些方向通常用来形容地理位置非常偏远或远离中心地带的地方。

47. 恫愊：至诚。

48. 召、杜：指西汉召信臣和东汉杜诗，二人皆在南阳为官。"召父杜母"为颂扬地方官政绩的套语。

49. 文翁：在西汉最早兴办地方官学之举。文翁自景帝末为蜀郡（今四川）太守。

50. 劳民劝相："君子以劳民劝相"的意思是：勤政为民，倡导互帮互助。出自《易经》中的《象传》，通过阐释卦象、爻象所蕴含的道理，告知人们如何正确决定自己的行动。

51. 元元：平民百姓。《战国策·秦策一》"制海内，子元元，臣诸侯，非兵不可"！

52. 撙节爱养：撙节，约束抑制。《礼记·曲礼上》有言："是以君子恭敬、撙节、退让以明礼。"爱养，指爱护养育。《汉书·张骞传》"遂持归匈奴，单于爱养之"。

53. 纂组：精美的织物。

54. 踵事……增华：意思是继续前人的事业，并使更加完善美好。出自《文选序》。

55. 茅茨不剪：谓崇尚俭朴，不事修饰。

56. 采椽不斫：意思是生活简朴。《韩非子·五蠹》"尧之王天下也，茅茨不剪，采椽不斫"。

57. 天阙不画：不装饰皇宫。

58. 越席不缘：不为草席绣花边。

59. 捐璧：捐金抵璧，意为不重财物。

60. 蔬食菲服：吃素菜也是美滋滋的。

61. 无以尚己：以崇尚"无"为己任。

62. 破觚斫雕：意思是引申为用刀、斧等砍。比喻删繁杂而从简易，去浮华而尚质朴。

63. 绨锦被珰：丝织物上绣锦，被子上挂装饰物，形容生活富裕。

64. 杨绾、卢怀慎、杜黄裳：皆为古代循吏。

65. 羔羊素丝：是指用小羊羔的皮毛缝制衣服，并用白色丝绸作为装饰。这个成语在旧时常用来形容士大夫的正直和节俭，同时赞扬他们的品德和仪表都十分美好。

66. 熙皞：和乐、怡然自得。李东阳《送仲维馨院使还淮南》"况当朝省盛才贤，且向山林乐熙皞"。

67. 振旅：有战斗力的军队。

68. 连帅：地方上的高级官员。

69. 比年：连年。《礼记·王制》"诸侯之于天子也，比年一小聘"。

70. 《汉官仪》：东汉司隶校尉应劭所著，共十卷。东汉末年，天下大乱，汉献帝在曹操的迎接下移驾许昌，这时东汉朝廷的典章与礼仪皆在战火中失传了许多，应劭为了恢复东汉兴盛时的典章制度，故集所闻，著成了这部《汉官仪》。

71. 翟义：(？—7) 字文仲，汝南上蔡（今河南省新蔡县）人。西汉大臣，丞相翟方进之子。

72. 按码角射：按编码竞技射击。

73. 汰老赢：淘汰老弱者。

74. 基命以升猷：从始命中升华谋略。

75. 绍天以立政：继承天道而立政风。

76. 懋：盛大。

77. 畴咨：访求之意。《书·尧典》"帝曰：'畴咨若时登庸。'"孔传："畴，谁；庸，用也。谁能咸熙庶绩，顺是事者，将登用之。"

78. 弥思保乂：更想安定太平之策。《尚书·君奭》"率惟兹有陈，保乂有殷"。孔传："以安治有殷。"

79. 益勖止齐：有益于勉励军队整顿。

80. 猗欤：叹词，表示赞美。

81. 迓：迎接。

82. 蕃禧：藩属吉祥。

83. 式：一种语法范畴。表示说话者对所说事情的主观态度。

84. 祜：福。

85. 宸严：对皇帝的敬称。

86. 陨越：失职。《左传·僖公九年》"恐陨越于下，以遗天子羞"。

【译文】

对于皇上的问策，为臣的对策如下：

为臣听说法制用以治国，安民在于具备德行，移风必先慎行法制，备武可保安宁。远考所载：《尚书》记载的是安定的大计；《诗经》歌颂的是淳厚风俗的文辞，《周易》详述的是数象吉凶的占兆，《礼记》著述的是礼仪制度的经典。多完备啊！辉煌灿烂博大高深的典范。

古代帝王继承上天的阐绎，以超群的德行和卓越的行为，使天下平安，施展经纶于远久，崇尚俭朴以敦厚民风，精兵以示国威。没有不本着虔诚、恭敬、谨慎、畏惧的心情，来巩固伟大的基业。实施不偏不党，真理得以阐明，引导修身养性，民众得以育化，使用有礼有节，财用得以丰裕，训练有严有宽，武备得以整治。施雨露于众生，英才蔚集，皆一世就能使庶民仁厚长寿，凭借着的就是这种大道啊！

尊敬的皇帝陛下：您道德宏伟，功绩卓著，清除坏俗以淳化风气，整饬兵卒以明军纪。现已抓紧时机大兴仁厚谦让之风，永图谨慎俭朴而声威大显，百姓敬服。可是圣上的胸怀仍那么谦虚，不疏忽些微小事。为向往着至治的最高境界迈进，认为草野小民之言也有所得，让臣等进到朝廷而问策，包括施帝治、厚民生、挽颓风，简军政等要务。像为臣如此愚昧无知，何足以补益圣上的远见卓识！于是当此对策开始之时，敬念以言敷奏之思义，敢不勉力陈述平素所诵习经史之心得，以仿效片面、狭窄的见解来表达些微的心意！

为臣认真地拜读了制策，有"帝王之心法，即帝王之治法，其理不外一中，而因博求夫长治久安之道"一说，我认为这真是勤施教诲的至深之意呀！臣谨按蔡沈《书传》上所说："二帝三王之治本于道，二帝三王之道本于心。"孔颖达《尚书正义》所说："立君所以安民，安民必先明道，明道必先精心一意，精一所以执厥中也。"以及仲虺所谈建立中庸之道，孔子主张运用中庸之道。臣认为其根源皆出于二帝三王之道。而《中庸》明善诚身的学说，更足以与求精求一的要旨相互贯通啊！《诗经》颂扬的不刚不柔，《左传》提倡宽猛相济，这就是中庸之道啊！

可是汉承苛政之秦法，网疏漏吞舟之鱼而治，诸葛亮治蜀，赦书不轻易颁布，而国亦治。其宽严不同，乃是所处的时和地有区别啊！《周易程氏传》上说："艰贞者即可常保其泰。"又说："善处泰者其福长也。德善日臻，则福禄日厚。德逾于禄，则虽盛而不满。"这种学说真是保泰之道啊！泰卦九二爻象卦义完备，其中所说的"包荒"即是《论语》上所说的宽厚则得众之义，所说的"用冯河"即是说守信则民听其调遣之义，所说的"不遐遗"和"朋亡"者，即是敏于事则有功，公则悦服之义呀！司马光论人君应具备之德有三个方面，其才有五个方面，而恪守之道则一。此与中庸达道达德、人存政举的论述，若相符合。至于《大学》阐扬治国平天下之道，没有比圣上的德行示范更重大，德行示范没有比公开好恶更重大，公开好恶更没有比理财用人更重大。故特举二者言之。总之要使帝位永固，那就只有根据以上所述，兢兢业业、一心一意去做啊！

我皇上推至诚于一中，观教化于永久，实足以继承尧舜，追踪轩辕、颛顼啊！

制策又认为民生风俗为国家之元气，而欲使民皆足食，户皆富裕，用以顺人情而收实效。这更是安抚百姓的完善策略啊，为臣认为如果民生不富裕，则没有兴礼义的基础，民德不振兴则又会滋生奢侈淫逸的坏习气。所以说古时安定民生的井田制度与敦化民风的学校制度是国家的根本命脉，若能本其意而推行之，则虽不必按夏、商、周的井田制度又有什么不同，天下之内不按夏、商、周的庠序制度，又有什么分别呢？这就是苏洵田制之议病于法古，柳宗元种树之论通于治人的道理，有采取的必要。当今，人君对于百姓有父母般师保的责任，凡是大小官吏皆要分担这一职责。如果真能使做大官的人，奉公尽忠率领下属，务相考察探求人心风俗之动态，做群吏的人质朴无华使属下得到安宁，不勤劳于簿书文牍之杂务。怎见得凋敝之地不可能化为沃饶，顽愚之民不可能化为礼让呢？果能作为百姓的父母官，都像召信臣、杜诗那样治理南阳，治理蜀郡者都像文翁那样肇兴学校，就都能达到至治之境。然而古时所称许的循良之官吏，对于安民治学之事虽平日讲得很多，而没有变通之妙用，岂容以墨守成规自拘？虽才略超过别人，而爱慕之心实必难以与虚浮相掩饰。其要在识大体、培国脉，方能达到以劳来之恩勤恤民忧，劝助百姓使有成功吗，养而不穷，被德泽而达到至高之境。

皇上视百姓如同子女，教养兼施，盛称一时，大小官吏哪个敢不励精图治呢？

制策又以奢俭之间，系君心敬怠所由分，风俗好坏所由辨，而欲挽救薄俗以臻淳朴。这更是恭敬撙节以明理义趋法度之盛举，爱护养育庶民之大计。为臣闻崇尚俭朴是开福之源，古代明圣之君提倡它可以引导民众向善，可以奉持生计。所以在下之人皆以此为法而仿效之，百姓也争相学习。

本来雕文刻缕是伤农事的，锦绣纂组是妨害女红的。可形势又是日趋文饰。当今天下升平日久，深仁厚泽煦育生民，哪个不知道有生之乐？于是乎人民因文明之景象而更附会之，势必由和平安乐而习于奢华，由奢华而流为空泛。这是理所必然的，其严峻的形势不可不考虑。《淮南子》称许尧之所以治好天下，他住的茅屋不加修饰，榆株做的椽木不予刮斫，宫殿不加彩画，草席不饰框边。舜做皇帝时，弃美玉于山谷中而不顾，粗食布衣自己毫不特别。后世像汉文帝衣着朴素，老百姓也随之去华崇实。武帝喜欢娱乐游玩，讲排场，老百姓也随之衣锦佩玉讲华饰。由此可知淳化风俗在于先正人心，正人心在于先敦礼教，并不是只凭借法制来惩治人啊！至于卿士、大夫那些人，是老百姓的表率。真能像杨绾、卢怀慎、杜黄裳那样高风亮节，那么听到他们的举止，无不感而自化，不将是与他们高尚的风格情操互相辉映吗？我皇上躬行节俭为天下表率。生在这个世纪的人谁不是处在光明幸福乐土之中。

制策又以兵可以百年不用，不可一日不备之至论，用以讲求整军训武之道，这是确保天下太平之大计。臣谨按《周礼》所载：兵部尚书在春夏秋冬有什么样的行军、布阵、训练和检阅的明文规定，略陈管见。臣以为精简兵车器械，修明军中礼节，这是按四季不同进行的。《汉书》

记载：按察使类的官员每年都要检阅军队的车炮，每三年一次检阅军队的武器，每五年搞一次检阅部队军容和战备情况的大型活动。其方法是按年规定的。汉在京城分城内、城外设南北禁卫之军，每年十月检阅武备，《汉官仪》上则说是八月进行，《翟义传》又说是九月进行。唐代讲武均在京都之外进行，在西门外设四门、五表、六军、五旗之形制。宋太平兴国年间规定四季均要讲习武仪，分远近按码竞技，军容精锐，后世沿袭之。

为臣以为不选拔骁勇、淘汰老弱士兵就收不到实效。而其中最大的弊端莫过于役使兵丁，克扣粮饷。不能得到士兵的拥护，又怎能振作士气呢？苏辙的话说得好：太平之际，不敢忘战，农闲时要对民讲武，使其耳朵能分辨鼓声的意思，眼睛能分辨军旗的指令，一朝出战便能形成威慑。练兵之法，贵在练心，人心一致，则百万之众也是一人之身。这样就说明教育是成功的。我圣朝阅兵大典屡次举行，八旗劲旅因时训练，用以奋武自卫，昭示警戒无忧。其意义重大。如此讲求谋略定当基业巩固，承天命以建立功勋，去奢华以从朴质，整军旅以保万民，大观洋洋，真千古今的隆盛基业！

为臣更唯愿皇上：治中求治，安里求安，勤勉从事日新不已的大功，达到亘古无谱疆的教化，国人的性情都达到中正和平，并求贤若渴，大兴学校并推荐贤才，法度严明并严格执法，军旅大治并日趋完善。平安之福已降，吏治之功已成，族党之风淳化，卫国力量充裕。美且盛哉！阳气之气和谐，淳朴之气四溢。恩泽施于宇宙，经纬布于乾坤，以此恭迎盛况，敬承多福。那么我国亿万年无疆之庆基于此矣。

　　臣是末学新进，不知忌讳，敢于冒犯皇上的威严，不胜战栗惶恐之至。

　　臣谨呈对策于上。

尊经春暖

四、陈沆试帖诗

（附：陈沆状元试帖诗赏析）

（一）诗正而葩[1]

敦厚[2] 诗中意，深思[3] 义有加。

音原安以乐[4]，体乃正而葩。

芑是文孙[5] 草，兰为孝子[6] 花。

苹苓[7] 思养士，桃李[8] 悟宜家。

送客依依柳[9]，怀人[10] 采采葭[11]。

性情[12] 骚[13] 悱恻[14]，文字[15] 汉萌芽[16]。

自有和平听[17]，非徒绮丽[18] 夸。

千秋[19] 鸣盛[20] 事，根本在无邪[21]。

【注释】

1. 诗正而葩：出自唐代韩愈的《进学解》。在这里，"诗"指的是古代的诗经，而"正"意味着端正，"葩"则是指美丽出众的花。所以，"诗正而葩"的意思是《诗经》的内容既端正又有文采，非常美丽出众。
2. 敦厚：《礼记·经解》"温柔敦厚，《诗》教也"。
3. 深思：《史记·五帝本纪赞》"非好学深思，心知其意，固难为浅见寡闻道也"。

诗正而葩

4. 音……安以乐:《礼记·乐记》"治世之音安礼乐,其政和"。

5. 芑……文孙：芑是一种良种谷物,也叫白粱粟。文孙指周文王之孙,代指优秀的后代。

6. 兰……孝子:《毛诗序》"南陔孝子相戒以养心。循彼南陔,言采其兰……"

7. 苹芩:为两种食草,为鹿所爱。见《诗经·小雅·鹿鸣》。

8. 桃李：见《诗经·周南·桃夭》和《诗经·召南·何彼秾矣》篇。

9. 送客依依柳：见《诗经·小雅·采薇》"昔我往矣,杨柳依依"和陈子昂《送客》"故人洞庭去,杨柳春风生"。

10. 怀人：见《诗经·周南·卷耳》"嗟我怀人,寘彼周行"。

11. 采采蒹:见《诗经·秦风·蒹葭》"蒹葭采采,白露未已"。

12. 性情:《朱子诗卷序》"《周南》《召南》亲被文王之化以成德,而人皆有以得其性情之正"。

13. 骚:《史记·屈原列传》"屈平之作《离骚》,盖自怨生也。《国风》好色而不淫,《小雅》怨诽而不乱,若《离骚》者,可谓兼之矣"。

14. 悱恻:《楚辞·九歌·湘君》"横流涕兮潺湲,隐思君兮悱恻"。又成语"悱恻缠绵"。

15. 文字：萧颖士《为陈正卿进续尚书表》"今之言文字者,始于太昊；征训典者,本于唐尧"。又百度百科"由象形文字(表形文字)演变成兼表音义的意音文字,但总的体系仍属表意文字"。

16. 萌芽：刘韵《移让太常博士书》"《诗》始萌芽。天下众书往往颇出，皆诸子传说，犹广立于学官，为置博士"。

17. 和平听：《诗经·小雅·伐木》"神之听之，终和且平"！

18. 绮丽：李白《古风第一首》"自从建安来，绮丽不足珍"。

19. 千秋：杜甫《梦李白》"千秋万岁名，寂寞身后事"。

20. 鸣盛：韩愈《送孟冬野序》"不知天将和其声，而使鸣国家之盛耶"！

21. 无邪：《诗经·鲁颂·駉》"駉駉牡马，在坰之野。薄言駉者，有驈有皇，有骊有黄，以车祛祛。思无邪，思马斯徂"。又《论语》"子曰《诗》三百，一言以蔽之，曰：'思无邪'。"

【简评】

全诗因题制义，从"而"字破题，从"葩"字取义，写了一篇诗歌形式的诗论。其中用"芭是文孙草，兰为孝子花"一联来形容诗之"葩"义甚妙。而"性情骚悱恻，文字汉萌芽"一联来写史诗则特别大气。

（二）山月照弹琴[1]

万古清高气[2]，都归此夜琴。

月华弹[3]不落，山影照来深。

镜寂蟾窥[4]座，弦幽鹤避林[5]。

人谁天上[6]听，秋是曲中心[7]。

冰玉[8]当头[9]鉴，星辰[10]满指音[11]。

数峰[12]青了了，孤籁[13]白沉沉[14]。

调逸难为谱，霜多欲上襟[15]。

四更[16]斜汉转，余韵尚松荫[17]。

山月照弹琴

【注释】

1. 山月照弹琴：出自唐代王维的《酬张少府》"松风吹解带，山月照弹琴"。意思是迎着松林清风解带敞怀，在山间明月的伴照下独坐弹琴，自由自在。

2. 清高气：卢思道《雁赋》"实禀清高之气"。

3. 月华弹：沈约《应王中丞思远咏月》"月华临静夜，夜静灭氛埃"。又陈季《湘灵鼓瑟》"一弹新月白，数曲暮山青"。

4. 蟾窥：刘孝绰《林下映月诗》"攒柯半玉蟾，裹叶彰金兔"。又孟昶《避暑摩诃池上作》"帘开明月独窥人，敧枕钗横云鬓乱"。

5. 鹤避林：《魏野诗》"洗砚鱼吞墨，烹茶鹤避林"。又《相鹤经》"鹤行必依洲渚，止不集林木"。

6. 天上：杜甫"此曲只应天上有，人间能得几回闻"。

7. 曲中心：释彪《宝琴诗》"钟期不可遇，谁辨曲中心"。

8. 冰玉：月亮雅称。明宣宗朱瞻基《咏洞庭秋月》"云梦微茫冰鉴里，沅湘浩荡玉壶中"。

9. 当头：《古今谭概》载，朱野航诗"万事不如杯在手，人生几见月当头"。

10. 星辰：唐王太真《钟期听琴赋》"素月满，繁星稀"。又缪袭《鼓吹曲》"星辰为垂曜，日月为重光"。

11. 指音：暗典。出自唐代韦庄的《听赵秀才弹琴》"湘水清波指下生"7个字。

12. 数峰：钱起《省试湘灵鼓瑟》"曲终人不见，江上数峰青"。

13. 孤籁：皮日休《太湖诗》"天籁如击琴，泉声似挖铎"。又诗人之友魏源有句"微风动孤籁，淡月生遥岑"。

14. 沉沉：邹浩《求刘知录澄泥香炉》"千卷新书三叠琴，青灯炯炯夜沉沉"。

15. 霜……襟：冯凭兄弟作《霜载襟袖赋》。

16. 四更：杜甫《月》"四更山吐月，残夜水明楼"。

17. 松荫：李峤《风》"月动临秋扇，松清入夜琴"。又李端《元阳观寄元称》"石上开仙酌，松间对玉琴"。

【简评】

此借王维诗句画了一幅《月下独琴》图，其诗中有画，画中有诗，画面很清新，诗风极清丽，堪称双绝。

万籁俱寂，独有清音。此种妙处，唯"鸟鸣山更幽"可媲美。苍莽沉雄中独自风流，参禅悟道后方知因果，是为建安风骨。"月华弹不落，山影照来深"一联足具金石之音。

（三）晴天养片云¹

渺尔² 来何处？青天³ 片影⁴ 生。

迟回⁵ 如有待，涵养⁶ 恰宜晴。

细⁷ 与游丝⁸ 袅，高⁹ 疑独鹤横¹⁰。

无波¹¹ 偏作态¹²，近日¹³ 亦多情¹⁴。

美荫¹⁵ 千花¹⁶ 仰¹⁷，闲身¹⁸ 一叶轻¹⁹。

风从亭午²⁰ 定²¹，雨是昨宵行²²。

霭霭²³ 诗同致，垂垂²⁴ 画不成²⁵。

晚来归未²⁶ 得，还恋玉轮²⁷ 明。

【注释】

1. 晴天养片云：出自唐代杜甫《秦州杂诗二十首十六》"落日邀双鸟，晴天养片云"。
2. 渺尔：《晋书·许迈传》"入临安西山渺尔自得，有终焉之志"。
3. 青天：李白《夜泊牛渚怀古》"牛渚西江夜，青天无片云"。
4. 片影：薛能《一叶落》"轻叶独悠悠，高天片影流"。
5. 迟回：鲍照《代放歌行》"今君有何疾？临路独迟回"。

晴天养片云

6. 涵养：《陈书·沈炯传》"矧彼翔沉，孰非涵养"。

7. 细：曹唐《刘晨阮肇游天台》"树入天台石路新，细云和雨动无尘"。

8. 游丝：沈亚之《春色满皇州》"风软游丝重，光融瑞气浮"。

9. 高：李商隐《闻歌》"敛笑如眸意如歌，高云不动碧嵯峨"。

10. 独鹤横：李绅《华山庆云见》"依稀来鹤影，仿佛列山群。"又苏东坡《后赤壁赋》"有孤鹤横江而来"。

11. 无波：《吕氏春秋·名类篇》"旱云烟火雨云水波"。

12. 作态：陆游《昼卧》"弄姿野蕨晴犹敛，作态江云晚未归"。

13. 近日：王建《赠胡泹将军》"书生难得是金吾，近日登科记总无"。

14. 多情：高斯得《谢郑如晦饷酒诗》"高情属天云，于今照方策"。又高宪《元夕无灯》"多情惟有梅梢月，拍酒楼头照管弦"。

15. 美荫：苏东坡《西斋》"鸣鸠得美荫，困立忘飞翔"。

16. 千花：谢榛《绣球花》"高枝带雨压雕栏，一蒂千花白玉团"。

17. 仰：张华《赠挚仲治诗》"仰荫高林茂，俯临渌水流"。

18. 闲身：司空徒《五十》"闲身事少只题诗，五十今来觉陡衰"。

19. 一叶轻：李商隐《月》"流处水花急，吐时云叶鲜"。又李师中《送唐介进退韵》"去国一身轻似叶，高名千古重于山"。

20. 亭午：柳宗元《南涧中题》"秋气集南涧，独游亭午时"。

21. 风……定：释正觉《偈颂七十八首其一》"风定花犹落，鸟鸣山更幽"。

22. 雨……行：岑参《咏郡斋壁画片云》"未曾行雨去，不见逐风归"。

23. 霭霭：陶渊明《停云》"霭霭停云，蒙蒙时雨"。

24. 垂垂：朱熹《清江道中见海》"不愁风袅袅，正奈雪垂垂"。

25. 画不成：张何《望海上五色云赋》"五色明媚，若丹青之画成"。

26. 晚来归未：陆游《昼卧》"作态江云晚未归"。

27. 玉轮：罗隐《月》"只恐异时开霁后，玉轮依旧养蟾蜍"。

【简评】

写云不见云字，然而句句皆是云，有如袁凯的《白燕》诗。不仅如此，诗里还融入了自己的身份与性情，有杜甫风致。

（四）夏雨生众绿 [1]

费尽东风力 [2]，吹嘘 [3] 绿未成。

送春 [4] 三日雨 [5]，盈野一时生。

树色 [6] 笼苔 [7] 合，岚光 [8] 带水横。

泼 [9] 开空翠 [10] 影，滴 [11] 断落红 [12] 声。

秀 [13] 晕酣朝爽 [14]，阴多 [15] 失午晴 [16]。

扇香 [17] 初美满 [18]，村路 [19] 不分明 [20]。

宿润 [21] 侵衣 [22] 渍，遥烟作阵 [23] 平。

秧畦针 [24] 错绣 [25]，料得 [26] 有人耕 [27]。

夏雨生众绿

【注释】

1. 夏雨生众绿：韦应物《始除尚书郎，别善福精舍》"远峰明夕川，夏雨生众绿"。

2. 东风力：李商隐《无题》"相见时难别亦难，东风无力百花残"。

3. 吹嘘：李山甫《风》"深知造化由君力，试为吹嘘借与春"。

4. 送春：白居易《送春归（元和十一年三月三十日作）》"去年杏园花飞御沟绿，何处送春曲江曲。"

5. 三日雨：冯应京《月令广义》"梅里一声雷，时中三日雨"。

6. 树色：何逊《日夕出富阳浦口和朗公诗》"山烟涵树色，江水映霞晖"。

7. 苔：姚合《和太仆田卿酬殷尧藩侍御见寄》"古苔寒更翠，修竹静无邻"。

8. 岚光：戴复古《会稽山中》"岚光滴翠湿人衣，踏碎琼瑶溪上步"。

9. 泼：释契嵩《次韵和酬》"日色暖烘诸壑净，晴岚泼翠几峰光"。

10. 空翠：孟浩然《题义公禅房》"夕阳连雨足，空翠落庭阴"。又王维《山中》"山路元无雨，空翠湿人衣"。

11. 滴：虞世南《初晴应教》"归云半入岭，残滴尚悬枝"。

12. 落红：史达祖《春雨词》"临断岸、新绿生时，是落红、带愁流处"。

13. 秀：谢灵运《入彭蠡湖口》"春晚绿野秀，岩高白云屯"。

14. 朝爽：《晋书·王羲之传》（桓）冲尝谓徽之曰："卿在府日久，比当相料理。"徽之初不酬答，直高视，以手版拄颊云："西山朝来致有爽气耳。"又刘永之《遐想亭为宪史刘原善作》"拄笏延朝爽，抽毫对夕阴"。

15. 阴多：白居易《病中多雨逢寒食》"水国多阴常懒出，老夫饶病爱闲眠"。

16. 午晴：司空图《光启四年春戊申》"孤屿池痕春涨满，小阑花韵午晴初"。

17. 扇香：范成大《四月五日集陈园照山堂》"短篱水面残红满，团扇风前众绿香"。

18. 美满：杜牧《池州送孟迟先辈》"千帆美满风，晓日殷鲜血"。

19. 村路：林逋《北山晚望》"村路飘黄叶，人家湿翠微"。

20. 不分明：杨万里《春晴怀故园海棠》"乍暖柳条无气力，淡晴花影不分明"。

21. 宿润：张九龄《贺祈雨有应状》"炎埃宿润，虐暑暂消"。

22. 侵衣：司空图《争名》"荷香泡露侵衣润，松影和风傍枕移"。

23. 烟……阵：苏东坡《浮云岭山行有怀子由》"西来烟障塞

空虚，洒遍秋田雨不如"。

24. 秧畦针：范成大《致一斋述事》"今朝麦粒黄堆麵，几日秋田绿似针"。

25. 错绣：柳宗元《邕州马退山茅亭记》"苍翠诡状，绮绾绣错"。

26. 料得：邵雍《清夜吟》"一般清意味，料得少人知"。

27. 有人耕：李拱《句》"雨后有人耕绿野，月明无犬吠花村"。

【简评】

　　围绕"生众绿"与"夏雨"的关系做思考，笔力空灵，意境广阔。其中"泼开空翠影，滴断落红声""秀晕酣朝爽，阴多失午晴"二联极妙。

（五）山钟摇暮天 [1]（其一）

已罢钟楼杵 [2]，流音尚满天 [3]。

催沉三界 [4] 暮，摇破半山 [5] 烟。

意似依僧 [6] 久，声疑抱佛圆。

铿鲸 [7] 余恣肆 [8]，归鹤 [9] 赴缠绵。

风向空中定，云从断处连。

应难分谷口 [10]，飞 [11] 不过峰巅 [12]。

渐渐 [13] 如残梦 [14]，苍苍 [15] 似老禅 [16]。

夜来诸籁寂 [17]，洗耳又鸣泉 [18]。

山钟摇暮天

1. 山钟摇暮天：王昌龄《潞府客亭寄崔凤童》"秋月对愁客，山钟摇暮天"。

2. 钟楼杵：李白《钟铭》"縻金索以上絙，悬宝楼而迭击"。又权德舆《江城夜泊寄所思》"远钟和暗杵，曙月照晴霜"。

3. 满天：李白《钟铭》"傍振万壑，高闻九天"。

4. 三界：成崿《登圣善寺阁》"香境超三界，清流振陆浑"。

5. 半山：张蓊《七忆》"半山塔寺藏云树，绕郭楼台住水天"。萨都剌《秋日钟山晓行》"长林万松雨，落日半山钟"。

6. 依僧：抱佛《中山诗语》"王（安石）丞相喜谐谑。一日，论沙门道，因曰：'投老欲依僧。'客遂对曰：'急则抱佛脚。'王曰：'投老欲依僧'是古诗一句，客曰：'急则抱佛脚'是俗谚全语。上去投，下去脚，岂不对得好？王大笑"。

7. 铿鲸：班固《东都赋》"发鲸鱼，铿华钟（海中有大鱼曰鲸，海边有兽名蒲牢。蒲牢畏鲸，鲸鱼击，蒲牢辄大鸣。凡钟欲令声大者，作蒲牢于上，所以击之者为鲸鱼）"。

8. 恣肆：《正字通》"恣肆，纵也"。

9. 归鹤：杜甫《野望》"独鹤归何晚，昏鸦已满林"。

10. 应……谷口：王褒《和从弟佑山家诗》"空林鸣暮雨，虚谷应朝钟"。孟浩然《寻香山湛上人》"谷口闻钟声，林端识香气"。

11. 飞：贾谊《虚赋》"负钟声而欲飞"。

12. 峰巅：余京《暮春同吴门沉归愚登蒜山》"藉草峰巅片刻留，旷观身世叹蜉蝣"。

13. 渐渐：唐太宗《赋得白日半西山》"岑霞渐渐落，溪阴寸寸生"。

14. 残梦：晏殊《春景》"楼头残梦五更钟，花底离情三月雨"。

15. 苍苍：郎士元《送麹司直》"曙雪苍苍兼曙云，朔风烟雁不堪闻"。

16. 老禅：顾况《宿湖边山寺》"谁悟此生同寂灭，老禅慧力得心降"。

17. 诸籁寂：常建《破山寺》"万籁此俱寂，惟闻钟磬声"。

18. 鸣泉：陆机《招隐》"山溜何泠泠，飞泉漱鸣玉"。

【简评】

以"摇"切入写山寺钟声，有回荡，有激烈，有轻柔，有余音。诗风雄健，超凡脱俗。

（六）山钟摇暮天（其二）

响自何山出，摇摇[1]到半天[2]。

难寻声止处，恰接暮苍然[3]。

隐隐[4]才林际[5]，依依[6]又涧边[7]。

鸟偏冲[8]去断，云欲荡[9]成圆。

夕霭[10]千重[11]绕，余铿[12]一晌[13]悬。

听来无定树，音尽[14]只空烟[15]。

隔岭[16]归僧[17]赴，停车[18]过客[19]延。

试从喧[20]里悟，方信静中禅[21]。

山钟摇暮天

【注释】

1. 摇摇：储光羲《登戏马台作》"泛泛楼船游极浦，摇摇歌吹动浮云"。

2. 半天：章八元《登慈恩寺浮图》"却怪鸟飞平地上，自惊人语半天中"。

3. 暮苍然：柳宗元《始得西山宴游记》"苍然暮色自远而至"。

4. 隐隐：朱熹《再至作》"隐隐钟犹度，依依岚欲"昏。

5. 林际：温庭筠《宿秦生山斋》"凫灯落叶寺，山雪隔林钟"。又王维《登裴秀才迪小台》"遥知远林际，不见此檐间"。

6. 依依：李嘉《佑远寺钟》"疏钟何处来，度竹兼拂水。渐逐微风声，依依犹在耳"。

7. 涧边：林鸿《送朗上人归匡庐》"萝深自识云中寺，秋晚遥寻涧底钟"。

8. 鸟……冲：白居易《荷珠赋》"鸟频冲而不起"。

9. 云……荡：杜甫《望岳》"荡胸生曾云，决眦入归鸟"。编者按：陈沆曾孙陈曾受《和悟仲雪诗》"垂天云荡北溟宽，际海琼瑶许并看"。

10. 夕霭：王筠《望夕霭》"密树含绿阴，遥峰临翠霭"。

11. 千重：陆游《长相思·云千重》"云千重，水千重，身在千重云水中"。

12. 余铿：戴叔伦《听霜钟》"此时聊一听，余响绕千峰"。又班固《东都赋》"于是发鲸鱼，铿华钟"。

13. 一晌：周邦彦《庆春宫》"许多烦恼，只为当时，一晌留情"。

14. 音尽：乔潭《霜钟赋》"前声未尽，后韵相及"。

15. 烟：刘沧《晚归山居》"山影暗随云水动，钟声渐入远烟微"。

16. 隔岭：庾信《和从驾登云居寺浮图》"隔岭钟声度，中天梵响来"。

17. 归僧：许浑《宿石屏山》"僧归下岭见，人语隔溪闻"。

18. 停车：杜牧《山行》"停车坐爱枫林晚，霜叶红于二月花"。

19. 过客：李白《春日夜宴桃李园序》"光阴者百代之过客"。

20. 喧：白居易《闲居》"心静无妨喧处寂，机忘兼觉梦中闲"。

21. 静……禅：郑谷《信美寺岑上人》"纱碧笼名画，灯寒照静禅"。编者按：有人认为此诗是司空图所写。

【简评】

与前作同题，但有侧重，不是简单地重复，也没有一笔相似，足见状元功夫。

（七）柳偏东面受风多 [1]

省识 [2] 东风意，番番 [3] 柳上 [4] 过。

春来迎面 [5] 受，韵写折腰 [6] 多。

侧看 [7] 青成阵 [8]，低垂 [9] 暖结窝 [10]。

十围 [11] 添美满 [12]，一例 [13] 恣婆娑 [14]。

负影摇高阁 [15]，回身 [16] 就去波 [17]。

断烟吹梦 [18] 续，微雨 [19] 带声 [20] 拖 [21]。

燕 [22] 助倾阳 [23] 舞，莺翻入律 [24] 歌 [25]。

欲随花送远 [26]，如隔玉关 [27] 何。

【注释】

1. 柳偏东面受风多：出自元稹《和乐天早春见寄》"萱近北堂穿土早，柳偏东面受风多"。
2. 省识：杜甫《咏怀古迹》"画图省识春风面，环佩空归夜月魂"。
3. 番番：苏东坡《新滩》"番番从高来，一一投涧坑"。
4. 柳上：李白《宫中行乐词》"寒雪梅中尽，春风柳上归"。
5. 迎面：庾信《和宇文内史春日游山诗》"风逆花迎面，山

柳偏东面受风多

深云湿衣"。

6. 折腰：舒頔《次朱克用万户韵》"和风骀荡柳腰斜，茅屋溪边卖酒家"。又苏东坡《哨遍》词"为米折腰，因酒弃家"。

7. 侧看：苏东坡《题西林壁》"横看成岭侧成峰，远近高低各不同"。

8. 成阵：陈师道《和富中容朝散雨中感怀》"风撩雨脚俄成阵，雪阁云头欲结花"。

9. 低垂：段成式《折杨柳》"陌上河边千万枝，怕寒愁雨尽低垂"。

10. 窝：苏东坡《答子勉三首》词"欲舞腰身柳一窝，小梅催拍大梅歌"。编者按：有人认为此词为黄庭坚作。

11. 十围：《晋书·桓温传》"温自江陵北伐，行经金城，见少为琅邪时所种柳，皆已十围，慨然曰：木犹如此，人何以堪"。

12. 美满：见《夏雨生众绿》注。

13. 一例：朱熹《送林择之还乡赴选三首其二》"个中自有超然处，肯共儿曹一例忙"。

14. 婆娑：《绘图宝鉴》"蜀李氏工画，日夕独坐，见竹影婆娑可喜，即起身挥毫，明日视之，生意俱足"。

15. 高阁：李商隐《落花》"高阁客竟去，小园花乱飞"。

16. 回身：司空图《杨柳枝·寿杯词》"邻家女伴频攀折，不觉回身罥翠翘"。

17. 去波：储嗣宗《吴宫》"怅望清江暮，悠悠东去波"。

18. 吹梦：《古西洲曲》"南风知我意，吹梦到西湖"。又李白《江夏赠韦南陵冰》"西忆故人不可见，东风吹梦到长安"。

19. 微雨：陶渊明《读山海经》"微雨从东来，好风与之俱"。

20. 带声：韩偓《雨》诗"树带繁声出竹间，溪将大点穿篱入"。

21. 拖：韩偓《咏柳》"褭裹拖风不自持，全身无力向人垂"。

22. 燕：杜甫《春归》"远鸥浮水静，轻燕受风斜"。

23. 倾阳：杜甫《夔府书怀四十韵》"赏月延秋桂，倾阳逐露葵"。

24. 入律：《十洲记》"汉武时，月支国贡神香。使者曰：东风入律十旬不休，青云千里弥月不息。"

25. 莺……歌：葛天民《春日湖上》"莺来占柳为歌院，蝶去寻花作醉乡"。

26. 送远：杜甫《发潭州》"岸花飞送客，樯燕语留人"。

27. 玉关：王昌龄《凉州词》"羌笛何须怨杨柳，春风不度玉门关"。

【简评】

虽然是试帖诗，但是有实景，其受风一面写得仔细，绘声绘色。

（八）群峰悬中流 [1]

南山流不去 [2]，万古水中悬。

却立 [3] 千峰影，横沉半壁 [4] 天。

孤根 [5] 翻作顶，侧面看成全。

倚镜 [6] 愁堆髻 [7]，冲波 [8] 碍放船 [9]。

旁皴 [10] 唯草木 [11]，倒入 [12] 有云烟 [13]。

石插 [14] 青无底 [15]，江摇绿 [16] 不圆 [17]。

鹤巢 [18] 垂欲动，龙窟 [19] 卓应穿。

纵使惊涛鼓 [20]，苍颜总屹然 [21]。

群峰悬中流

注 释

1. 群峰悬中流：出自储光羲的《同诸公秋霁曲江俯见南山》"群峰悬中流，石壁如瑶琼"。

2. 流不去：刘子翚《潭溪十咏·南溪》"惟有旧溪声，万古流不去"。

3. 却立：朱熹《过涧水》"回头自爱群岚好，却立滩头数乱峰"。

4. 半壁：李白《梦游天姥吟留别》"半壁见海日，空中闻天鸡"。又林景熙《拜岳王墓》"东南天半壁，往事泣寒猿"。

5. 孤根：齐己《早梅》"万木冻欲折，孤根暖独回"。

6. 镜：陆游《残春》"远水涵清镜，晴云蘸细鳞"。

7. 堆髻：《旧唐书·白居易传》"云间隐士堆罗髻"。

8. 冲波：李白《蜀道难》"下有冲波逆折之回川"。

9. 放船：吴伟业《丁亥之秋王烟客招予西田赏菊》"黄鸡紫蟹堪携酒，红树青山好放船"。

10. 皴：范成大《画赋》"远山如皴，隐隐如眉"。又郭熙《画诀》"淡墨横卧，惹惹而取之，谓之曰皴"。

11. 草木：《说苑斋》"早京公欲祷于山，晏子对曰：夫山固以石为身，以草木为毛发。天久不雨，发将焦，身将热，彼独不欲雨乎？祷之何益？"

12. 倒入：高骈《夏日山居》"绿树阴浓夏日长，楼台倒影入池塘"。

13. 云烟：苏东坡《书王定国所藏烟江叠嶂图（王晋卿画）》"江山愁心千叠山，浮云积翠如云烟"。

14. 石插：萧总《上莲山诗》"挂流遥似鹤，插石近如龙"。又陆游《入蜀记》"巫山，峰岚上入霄汉，脚石直插江中"。

15. 无底：李观《长江赋》"深或无底，远或几千万里"。

16. 江摇绿：谭用之《贻钓鱼李处士》"绿摇江淡萍离岸，红点云疏橘满川"。

17. 不圆：李白《拟古》"攀荷弄其珠，荡漾不成圆"。

18. 鹤巢：王越《小金山》"一水尽头僧钓月，万松深处鹤巢云"。

19. 龙窟：吴国伦《鄱阳湖》"千山日射鱼龙窟，万里霜寒雁鹜群"。

20. 惊涛鼓：苏东坡《赤壁怀古》"乱石穿空，惊涛拍岸，卷起千堆雪。"又郭璞《江赋》"乃鼓怒而作涛"。

21. 苍颜……屹然：王周《志峡船具》"孱颜屹然立，汹涌勃然起"。

【简评】

从"悬"字着眼，精雕细刻，结尾递进一层，境界大开。

（九）栖凤难为条¹

凡鸟²居无择³，高情属凤兮。

有条容易借⁴，何木可为栖？

竹实劳寻觅⁵，桐荫⁶费品题⁷。

枝柯谁最老⁸？毛羽⁹不能低。

屋肯从莺结，巢羞与鹤齐。

徘徊¹⁰声节节¹¹，珍重¹²叶萋萋¹³。

贺世心原切，求林路¹⁴岂迷？

只应依御苑¹⁵，还似集岐西¹⁶。

栖凤难为条

【注释】

1. 栖凤难为条：出自王僧达《答颜延年诗》"栖凤难为条，淑姒非所临"。

2. 凡鸟：张九龄《杂诗》"凡鸟已相噪，凤凰安得知"。

3. 居……择：《左传·哀公十一年》"鸟能择木，木岂能择鸟"。《晏子》"君子居必择地，游必择士"。《白虎通》"跟游必择地，饥不妄食"。

4. 借：《芝田录》"唐李义府，八岁举神童。太宗召见，试令咏鸟。对曰：日里扬朝彩，琴中伴夜啼。上林多少树，不借一枝栖。太宗曰：朕将以全树借汝，岂惟一枝？"

5. 寻觅：李商隐《赠任秀才》"峡中寻觅常逢雨"。

6. 竹实……桐阴：《毛诗疏》"凤非梧桐不栖，非竹实不食，非醴泉不饮"。吕温《奉和张舍人阁中直夜》"远峰蔼兰气，微露清桐阴"。

7. 品题：邵雍《首尾吟》"皇王帝霸经褒贬，雪月风花未品题"。

8. 枝柯……老：韩愈《石鼓歌》"鸾翔凤翥众仙下，珊瑚玉树交枝柯。"杜甫《秋兴八首》其八"碧梧栖老凤凰枝，佳人拾翠春相问"。

9. 毛羽：《东观汉记》"建武十七年，凤凰出，高八尺九寸，毛羽五采，集颍川"。

10. 徘徊：刘桢《凤》"凤凰集南岳，徘徊孤竹根"。

11. 节节：《白虎通》"凤雄鸣曰节节，雌鸣曰足足"。

12. 珍重：司空图《退居漫题七首》"惜春春已晚，珍重草青青"。

13. 叶萋萋：《诗经·卷阿》"萋萋萋萋，雍雍喈喈"。陈耆《西山植桐记》"尔其材森森直而理，叶萋萋绿而繁"。贺世《论语摘衰圣》"凤夜鸣曰善哉，晨鸣曰贺世"。

14. 求林路：庾信《三月三日华林园马射赋》"雁失群而行断，猿求林而路绝"。

15. 御苑：王维《敕赐百官樱桃》"总是寝园春荐后，非关御苑鸟衔残"。

16. 岐西：《周语》"周之兴也，鸑鷟（凤凰之别名也）鸣于岐山"。《说文》：岐山在长安西，山有两岐，故名。

【简评】

　　以凤凰言志，发高洁情怀。融入世之理念，存报国之心切。

（十）江边黄鹤古时楼[1]

黄鹄矶头[2]望，长江[3]第一楼[4]。

难招[5]天上鹤[6]，独占[7]古时秋。

远引梅花笛[8]，高临杜若洲[9]。

云随荀费[10]去[11]，月照[12]晋唐游。

不改青山色[13]，无边白水[14]流。

酒家[15]犹绕郭，诗客[16]总停舟。

地已成仙界[17]，人谁在上头。

苍茫今昔事，搁笔[18]问闲鸥[19]。

【注释】

1. 江边黄鹤古时楼：出自白居易《卢侍御与崔评事为予于黄鹤楼置宴，宴罢同望》"江边黄鹤古时楼，劳置华筵待我游"。

2. 黄鹄矶头：陈仁锡《潜确居类书》"黄鹄山在武昌城府西南，俗呼蛇山，一名黄鹤山"。《郡县志》"黄鹄山蛇行而西吸于江，其首隆然，黄鹤楼枕焉，其下有黄鹄矶原出地志。"刘改之《唐多令·芦叶满汀洲》"黄鹤断矶头，故人今在否"。

江边黄鹤古时楼

3. 长江：李白《送储邕之武昌》"黄鹤西楼月，长江万里情"。

4. 第一楼：周权《多景楼》"谁言宇宙无多景？今见江山第一楼"。

5. 招：苏东坡《放鹤亭记》"乃作放鹤招鹤之歌"。

6. 天上鹤：张仲素《缑山鹤》"笙歌忆天上，城郭叹人间"。

7. 独占：苏东坡《和章七出守湖州二首》"两厄春酒真堪羡，独占人间分外荣"。

8. 梅花笛：李白《听黄鹤楼上吹笛》"黄鹤楼中吹玉笛，江城五月落梅花"。编者按："梅花落"，笛中曲名。

9. 杜若洲：《楚辞·九歌·湘君》"芳洲兮杜若"。苏东坡《六月二十七日望湖楼醉书五首》"无限芳洲生杜若，吴儿不识楚辞招"。编者按：杜若，香草也，一名杜蘅，生于水滨。

10. 荀、费：荀瓌和费祎，相传二人俱在黄鹤楼升仙。

11. 云……去：崔颢《黄鹤楼》"昔人已乘白云去，此地空余黄鹤楼"。编者按："白云去"原作"黄鹤去"。

12. 月照：见前"长江"注。又李白《把酒问月·故人贾淳令予问之》"今人不见古时月，今月曾经照古人"。张若虚《春江花月夜》"江流宛转绕芳甸，月照花林皆似霰"。

13. 不改青山色：苏东坡《文登蓬莱阁下石壁千丈为海浪所战时有碎裂淘》"蓬莱海上峰，玉立不改色"。李白《江夏寄汉阳辅录事》"江夏黄鹤楼，青山汉阳县"。

14. 无边白水：唐之屏《登金山》"江淮湖色无边白，楚蜀山光不断青"。李白《送友人》"青山横北郭，白水绕东城"。

15. 酒家：元葛逻禄人乃贤《京城春日》"黄鹤楼东卖酒家，王孙清晓驻游车"。

16. 诗客：曹唐《长安旅舍叙邵陵旧旧宴，寄永州萧使君五首》"月满山前圆不动，更邀诗客上高楼"。

17. 仙界：刘沧《宿题天坛观》"华表鹤声天外迥，蓬莱仙界海门通"。

18. 在上头……搁笔：李白过黄鹤楼，见崔颢所题《黄鹤楼》诗，极为叹服，搁笔而去。

19. 闲鸥：卢纶《古风》"尔不见波中鹤鸟闲无营，何必汲汲李其生"。

【简评】

　　围绕"古"字着笔，回望过去，看看眼前，顿时沧桑。

（十一）心清闻妙香[1]

人境双清[2]处，闻根[3]已尽忘。

心中多妙谛[4]，意外得奇香[5]。

帘卷[6]风盈座，林空[7]月在廊[8]。

居然如水定[9]，信有不言芳[10]。

供养[11]诸天[12]别，氤氲[13]此夜长。

无花能举似[14]，与佛[15]共参[16]将。

鼻观[17]留偏久[18]，胸襟[19]透更凉。

少陵[20]传一瓣[21]，可许袭诗肠[22]。

【注释】

1. 心清闻妙香：出自姚勉《感山十韵·旃檀林》"心清闻妙香，宴坐旃檀林"。
2. 双清：杜甫《屏迹》"杖藜从白首，心迹喜双清"。
3. 闻根：《楞严经》"见闻知觉为根，明暗空色为境"。
4. 妙谛：王勃《益州绵竹县武都山净惠寺碑》"灵机入证，穷象载于初髫；妙谛因心，释羊车于弱冠"。
5. 奇香：韩维《惜酴醾》"天意再三珍野艳，花中最后吐奇香"。

心清闻妙香

6. 帘卷：李易安《重阳·醉花阴》"帘卷西风，人比黄花瘦"。

7. 林空：韦应物《上方僧》"空林无宿火，独夜汲寒泉"。

8. 月……廊：王佐《宫怨》"寒气逼人眠不得，钟声催月下斜廊"。

9. 如水定：《程子语录》"圣人之心，如镜如止水"。又刘得仁《终南石室》"翠沉空水定"。

10. 不言芳：《史记·李广传赞》"桃李不言，下自成蹊"。薛逢《春晚东园晓思》"桃杏风飘不语香"。

11. 供养：《释氏要览》"目连比邱见其亡母生饿鬼中，不得食。佛言：七月十五具百味五果着盘中，供养十方诸佛，然后得食。目连白佛行孝顺者，亦应奉盂兰盆"。

12. 诸天：段成式《酉阳杂俎》"道列三界诸天，与释氏同，但别名耳"。

13. 氤氲：梁元帝《香炉铭》"苏合氤氲，非烟非云"。

14. 花……举似：杜甫《即事》"雷声忽送千峰雨，花气浑如百合香"。又杨廷秀《海棠》"举似老夫新句子，看渠桃杏敢承当"。

15. 佛：《维摩经》"佛土有国名众香，佛号香积，其国香气，比如十方诸佛世界，天人之香最为第一"。

16. 参：《传灯录》"丹霞天然禅师遇一禅客，曰：江西马大师（马祖道一）出世，此选佛场也。师往见，马祖乃令参南岳石头（希迁）"。

17. 鼻观：苏东坡《和黄山谷烧香》"不是闻思所及，且令鼻观先参"。

18. 留……久：陆游《室明暖终婆娑其间倦则扶杖至小园戏作长》"重帘不卷留香久，古砚微凹聚墨多"。

19. 胸襟：李白《赠崔侍郎》"洛阳因剧孟，托宿话胸襟"。

20. 少陵：韩愈《石鼓歌》"少陵无人谪仙死，才薄将奈石鼓何"。又张礼《游城南记》"桂氏世葬少陵原"。杜甫尝自谓杜曲诸生、少陵野老。正谓杜曲少陵相近故也。

21. 一瓣：陈师道《观欧文忠公家六一堂图书》"向来一瓣香，敬为曾南丰"。又谢克家《后山其序》"以文谒南丰曾舍人，曾一见奇之，许其必以文著，时人未之知也。在颍赋六一堂诗有此句"。编者按：师道，字无已，著《后山集》。曾巩，字子固，南丰人。

22. 诗肠：冯贽《云仙杂记》"戴仲若春日携双柏斗酒，人问何之，曰：往听黄鹂声，此俗耳针砭，诗肠鼓吹，汝知之乎？"

【简评】

先将心清写足，再阐述其"妙"，出神入化。

（十二）岩泉滴久石玲珑 [1]

太湖千岁石 [2]，从古受岩泉。

滴到玲珑处，奇 [3] 同造化 [4] 然。

翠分林表 [5] 瀑 [6]，青漏穴中天 [7]。

露乳 [8] 丝丝渗 [9]，云根 [10] 片片悬 [11]。

皱 [12] 开秋藓 [13] 路，瘦并老松年 [14]。

嶂叠 [15] 成双峭，珠零不一圆 [16]。

渐添声似玉 [17]，只觉骨如仙 [18]。

取作清斋 [19] 供 [20]，溪山俨对眠 [21]。

岩泉滴久石玲珑

【注释】

1. 岩泉滴久石玲珑：出自白居易《泛太湖书事寄微之》"洞雪压多松偃蹇，岩泉滴久石玲珑"。

2. 太湖……石：《禹贡》"震泽"。职方曰："具区。纵广二百八十三里，周三万六千顷。中多奇石，世号太湖石"。范成大有《太湖石志》。

3. 奇：苏东坡《与毛令方尉游西菩提寺》"路转山腰足未移，水清石瘦便能奇"。

4. 造化：贾谊《鵩鸟赋》"天地为炉兮，造化为工"。杜甫《望岳》"造化钟灵秀，阴阳割昏晓"。

5. 林表：谢朓《休沐重还丹阳道中诗》"云端楚山见，林表吴岫微"。

6. 翠……瀑：李华《望瀑布赋》"翠淙千仞兮悬布"。

7. 青漏穴中天：《列子》"至人者，上窥青天"。《太山记》"盘道屈曲而上，凡五十余盘，径小天门、大天门。仰视天门，如从穴中视天窗矣"。

8. 露乳：《桂海虞衡志》"桂林宜融山洞穴中，凡石脉涌处，为乳状融结下垂，其端轻薄中空，水乳且滴且凝，纹如蝉翼者胜"。吴澄《跋牧樵子蒲萄》"见此西凉甘露乳，泠然齿颊出寒酥"。

9. 渗：司马相如《封禅书》"滋液渗漉"。

10. 云根：白居易《太湖石》"削成青玉片，截断碧云根"。编者按：石为云根。

11. 悬：白居易《悟真寺》"又有一片石，大如方尺砖，插在半壁上，其下万仞悬"。

12. 皴：《说文解字》"皮细起也"。《韵府摘句》"岳立奇石苍苔皴"。

13. 秋藓：李益《乞宽禅师瘿山罍呈宣供奉》"石色凝秋藓，峰形若夏云"。

14. 瘦……老松年："瘦"见上"奇"注。陆游《马上微雨》"瘦松无横枝，蠹竹少全叶"。孟郊《送萧炼师入四明山》"闲如独鹤心，大如高松年"。

15. 嶂叠：范成大《烟江叠嶂诗序》"烟江叠嶂，太湖石也；鳞次重复，巧出天然"。

16. 珠零……圆：杜甫《自夔州将适江陵作》"叠壁排霜剑，奔泉溅水珠"。毕田《水帘》"洞前千尺挂飞流，玉碎珠零冷喷秋"。苏东坡《初夏》"玉盆纤手弄清泉，琼珠碎又圆"。

17. 声似玉：方干《秋晚林中》"泉漱玉声冲石宝，橘垂朱实压荆扉"。

18. 骨如仙：张华《博物志》"地以名山为辅佐，石为之骨，川为之脉，草木为之毛，土为之肉"。杜甫《送孔巢父》"自是君身有仙骨，世人那得知其故"。

19. 清斋：《楞严经注》"净室也"。

20. 供：苏东坡《怪石供文》"齐安江上，往往得美石。小儿浴于江，时有得之者，戏以饼饵易之。庐山归宗佛印禅师适有使至，遂以为供，使自今以往，山僧野人欲供禅师而力不能办衣服、饮食、卧具者，皆得以净水注石为供"。

21. 对眠：苏东坡《立秋日祷雨宿灵隐寺同周徐二令》"百重堆案掣身闲，一夜秋声对榻眠"。

【简评】

是岩泉而非岩溜，是滴久而非流久。非玲珑而胜似玲珑，其"珠零不一"不是神功，也是鬼斧。

（十三）荆轲入秦 [1]

气已无西帝 [2]，行辞太子丹。

全燕 [3] 悬一使，轻骑 [4] 入长安。

怒发身俱变，函头血未干。

图 [5] 中风雨泣 [6]，殿下虎狼 [7] 看。

魄落兵符缓 [8]，虹围剑 [9] 影寒。

提囊殊急智，走柱 [10] 亦奇观。

世运 [11] 并吞定，天心 [12] 骤夺难。

劫盟真错计，秦政 [13] 岂齐桓 [14]。

荆轲入秦

【注释】

1. 荆轲入秦：见《史记·刺客列传》荆轲部分。公元前227年，荆轲带燕督亢地图和樊於期首级，前往秦国刺杀秦王赢政。临行前，燕太子丹等人在易水边为荆轲送行，场面十分悲壮。好友高渐离击筑，荆轲和着节拍唱道："风萧萧兮易水寒，壮士一去兮不复还"，这是荆轲在告别时所吟唱的诗句。荆轲来到秦国后，秦王在咸阳宫召见了他。荆轲在献燕督亢地图时，图穷匕见，但最终行刺失败，被秦王侍卫所杀，荆轲就这样牺牲了。

2. 西帝：周赧王纪二十七年冬十月秦君称西帝，遣使立齐君为东帝已而皆去之。

3. 全燕：《战国策》"苏秦说燕文侯曰：夫燕之所以不被兵者以赵蔽于南也。秦赵相蔽而王以全燕制其后，此燕之所以不犯难也"。

4. 轻骑：卢纶《塞下曲》"欲将轻骑逐，大雪满弓刀"。

5. 怒发……函头……图：荆轲所献地图中有樊将军之头。

6. 风雨泣：元稹《琵琶歌》"风雨萧条鬼神泣"。

7. 虎狼：《史记·屈原列传》"秦昭王与楚婚时欲与怀王相会，屈原曰：秦虎狼之国，不可信"。

8. 殿下……兵符缓：秦法群臣上殿不得持尺兵，故皇帝遇刺时旁人无法救驾。

9. 虹……剑：卢照邻《西使兼送孟学士东游》"惟余剑气在，耿耿气成虹"。

10. 提囊……走柱：秦王为避险，提着衣袋绕宫殿的柱子转。

11. 世运：《晋书·武帝纪》"诏曰：今世运垂平，将陈之以德义，示之以好恶"。

12. 并吞……天心：赵雪航评鉴，燕太子丹怀宗社忧而为此刺而幸中则六中不至于相续而灭，"卒使世运，岂非天心"。

13. 秦政：秦始皇称帝后名政。

14. 劫盟……齐桓：《公羊传》记载鲁人劫盟之事，鲁庄公和齐桓公会面，曹子对鲁庄公说让他攻击齐桓公，自己挡住齐国的臣子。最后约定以汶阳为界限，这样曹刿才收剑而去。

【简评】

视角独特，史观超迈前人。在偶然中看到了历史必然。

（十四）文姬归汉 [1]

女有才如此，千金赎亦宜。

存孤 [2] 全友谊 [3]，忍死 [4] 得归期。

一骑 [5] 东风快，双雏 [6] 朔雪 [7] 饥。

身如焦尾 [8] 在，心岂左贤 [9] 知。

大漠 [10] 回看惨，陈留 [11] 再到疑。

经温刊石 [12] 本，笳 [13] 补入关词。

兵燹 [14] 余悲愤，门楣 [15] 系子遗 [16]。

可怜书未续，无命 [17] 作班姬 [18]。

文姬归汉

【注释】

1. 文姬归汉：据《后汉书·董祀妻传》，蔡文姬为陈留郡国人，是东汉著名学者蔡邕的女儿。"名琰，字文姬。博学有才辩，又妙于音律。"初嫁河东人卫仲道，夫亡后归居家中。时值天下动乱，四处交兵。董卓在长安被诛后，其父蔡邕曾因为董卓所迫，受官中郎将而获罪，为司徒王允所囚，并被处死狱中。蔡文姬则于兵荒马乱中为南匈奴所掳，在胡中十二年，生有二子。建安中，随着曹操军事力量的不断强大，吕布、袁绍等割据势力的被逐步削平，中国北方遂趋于统一。在这一历史条件下，曹操出于对故人蔡邕的怜惜与怀念，"痛其无嗣"，乃遣使者以金璧将蔡文姬从匈奴赎回国中，重嫁给陈留人董祀。让她整理蔡邕所遗书籍四百余篇，为中国文化的传播作出了贡献。这就是历史上所谓"文姬归汉"的故事。

2. 存孤：徐陵《裴使君墓志》"割宅存贫友之孤，开门迎故人之殡"。

3. 友谊：《后汉书·朱晖卷》"同县张堪甚重之，接以友谊"。

4. 忍死：《宋帝昺纪》杨太后闻帝崩，大恸，曰："我忍死艰关至此者，为赵氏耳。今无望矣。"

5. 一骑：骑，量词，一匹马。

6. 双雏：指文姬胡中二子。袁桷《送马伯庸御史奉使河西》

"中有陈情词，复怜双雏啼"。

7. 朔雪：《本传·文姬追怀悲愤诗》"惟彼方兮远阳精，阴气凝兮雪复零"。编者注：北方近阴远阳。李颀《塞下曲》"金笳吹朔雪，铁马嘶云水"。

8. 焦尾：《后汉书·蔡邕传》"邕远迹吴会，吴人有烧桐尾以灶者，邕闻火烈之声，知其良木。因请而裁为琴，果有美音，而其尾犹焦，故时人名曰焦尾琴焉"。

9. 左贤：匈奴太子封号，此指南匈奴左贤王。

10. 大漠：班固《燕然山铭》"经卤碛，绝大漠"。编者注：大漠，沙漠也。

11. 陈留：《一统志》河南开封府陈留县。今开封市陈留镇。

12. 经……刊石：《后汉书·蔡邕传》"熹平四年，奏求正定六经文字，灵帝许之。邕九日书明于碑，使工镌刻，立于太学门外"。编者注：《洛阳记》"太学在洛城南开阳门外"。

13. 笳：《音乐指归》"文姬居胡，以琴音作《胡笳十八拍》之曲"。

14. 兵燹：《宋史·神宗纪》"辊州界经鬼章兵燹者，赐钱胁从来归者，释其罪"。《正字通》"燹：兵火"。

15. 门楣：《太真外传》"明皇册立为贵妃，一门皆贵，谣曰：生男勿喜女勿悲，君今看女作门楣"。

16. 孑遗：《诗·云汉》"周余黎民，靡有孑遗"。

17. 无命：李商隐《筹笔驿》"管乐有才真不忝，关张无命欲何如？"

18. 书未续……班姬：《蔡邕传》"董卓辟邕，不得已应命。及卓被诛，王允收邕付廷尉，邕谢曰：愿黥首刖足继成汉史。太尉马日磾谓允曰：伯喈旷世逸才，多诚汉事，当使续成汉史，为一代大典。允不从，邕遂死狱中。"《后汉书·列女传》"扶风曹世叔妻者，班彪女也，名昭，一名姬，博学高才。世叔早卒，有节行法度。兄固著《汉书》，未竟而卒。和帝诏昭就东观藏书阁，踵而成之。帝数召入宫，令皇后诸贵人师事焉，号曰大家。"班姬：班昭（约49—120），一名姬，字惠班，人称"曹大家"。扶风安陵（今陕西咸阳东北）人，东汉史学家、文学家、政治家，中国第一位女天文学家、数学家，在中国古代四大才女中被誉为"天下第一才女"。

【简评】

　　文姬具班姬之才而命薄班姬，其慨含而不露。

（十五）新种竹都活[1]

种竹愁难活，关心[2]屡涉园[3]。
却看真失喜[4]，都似未移根[5]。
雨[6]引惊回梦[7]，雷[8]苏醉后魂[9]。
箨[10]争高下翠[11]，锄[12]尚浅深痕。
满荫无烦补，先声[13]已送喧[14]。
居然如我意[15]，以后总天恩[16]。
欲诩生春手[17]，须开对月尊[18]。
平安初报[19]与，气早壮柴门[20]。

新种竹都活

【注释】

1. 新种竹都活：出自许棐《题倦庵》"新种竹都活，旧栽花更妍"。

2. 关心：赵德麟《锦堂春》"年年春事关心事，肠断欲栖鸦"。

3. 涉园：陶潜《归去来兮》"园日涉以成趣"。

4. 失喜：宋之问《牛女》"失喜先临镜，含羞未解罗"。

5. 移根：王象晋《群芳谱·竹谱》"种竹之法，要得天时。五、六月间，春笋已成，新根未行，此时可移"。

6. 雨：钱起《谷口书斋寄杨补阙》"竹怜新雨后，山爱夕阳时"。

7. 惊回梦：苏东坡《雨后行菜圃》"梦回闻雨声，喜我菜甲长。"又杨恢《满江红》"啼鸟惊回芳草梦"。

8. 雷：欧阳修《戏答元珍》"残雪压枝犹有桔，冻雷惊笋欲抽芽"。

9. 醉……魂：范致明《岳阳风土记》"五月十三日谓之龙生日，可种竹。"又《齐民要术》"所谓竹醉日也"。又韩愈《答张彻》"愁狖酸骨死，怪花醉魂馨"。

10. 箨：杜甫《严郑公宅同咏竹》"绿竹半含箨，新梢才出墙"。

11. 翠：杜甫《春日江村五首》"种竹交加翠，栽桃烂漫红"。

12. 锄：《群芳谱·竹谱》"凡种竹宜锄地，令松且阔，沃以河泥，则竹易活"。

13. 先声：王尚纲《风穴赋》"发士囊之先声兮，驱天末之长飙"。又刘克庄《栽竹》"借居未定先栽竹，为爱疏声与薄荫"。

14. 喧：王维《山居秋暝》"竹喧归浣女，莲动下渔舟"。

15. 如我意：陈傅良《悼杨休甫》"酒边每事如人意，灯下通宵读我书"。

16. 天恩：张嘉贞《昆明池应制》"地脉山川胜，天恩雨露饶"。

17. 生春手：《诗品·自然》"俱道适往，着手成春"。黄庭坚《赠送张叔和》"张侯温如邹子律，能令阴谷黍生春"。

18. 对月尊：李白《将进酒》"莫使金尊空对月"。又秦韬玉《题竹》"斜对酒缸偏觉好，静笼棋局最多情"。又王维《竹里观》"深林人不知，明月来相照"。

19. 平安……报：《酉阳杂俎》"李卫公守北都，唯童子寺有竹一窠，才长数尺，相传其寺网维，每日报竹平安"。

20. 柴门：杜甫《咏春笋》"无数春笋满林生，柴门密掩断人行"。

【简评】

借竹以书怀，借竹以言志，沿袭前贤，超迈前贤。

（十六）云在意俱迟 [1]

云本无心 [2] 者，飘然忽在斯。

有人怀渺渺 [3]，同此意迟迟。

远势 [4] 双眸 [5] 注，低空 [6] 一晌垂 [7]。

松身 [8] 留养性，鹤梦 [9] 入支颐 [10]。

坐久 [11] 山俱暝 [12]，寒深 [13] 杖不知 [14]。

相依如共影 [15]，欲去又多时 [16]。

恰好江风 [17] 定，浑忘夕照 [18] 移。

平生亲友 [19] 契，延伫若为思。

云在意俱迟

【注释】

1. 云在意俱迟：出自杜甫《江亭》"水流心不竞，云在意俱迟"。

2. 无心：陶渊明《归去来兮》"云无心以出岫，鸟倦飞而知还"。

3. 渺渺：苏东坡《赤壁赋》"渺渺兮予怀"。

4. 远势：王损之《曙观秋河赋》"远势纵横，带秋光之耿耿"。

5. 双眸：谢惠连《目箴》"气之神明，双眸善识"。

6. 低空：杜牧《长安杂题》"晴云如絮惹低空，紫陌微微弄袖风"。

7. 垂：《庄子·内篇·逍遥游》"鹏之背，不知其几千里也，怒而飞，其翼若垂天之云"。

8. 松身：李老君《玉策记》"千岁之松，上生云气"。又高适《偃松行》"长身蜿蜒，横数亩"。

9. 鹤梦：萨都剌《夜宿升龙观》"龙飞九天雨，鹤梦一龛云"。

10. 支颐：皮日休《太湖诗·雨中游包山精舍》"散发抵泉流，支颐数片云"。

11. 坐久：王维《终南别业》"行到水穷处，坐看云起时"。又王安石《北山》"细数落花因坐久，缓寻芳草得归迟"。

12. 山……暝：方一夔《秋晚杂兴十二首》"山暝残云合，波停碎月圆"。

13. 寒深：周瑀《潘司马别业》"寒深包晚橘，风紧落垂杨"。

14. 杖不知：陆游《倚杖》"倚杖柴门外，踟蹰到日斜"。又钱起《山中酬杨补阙见过》"幽溪鹿过苔还静，深树云来鸟不知"。

15. 共影：江总《石室铭》"映日分辉，摇风共影"。

16. 多时：王安石《寄张先郎中》"留连山水住多时，年比冯唐未觉衰"。

17. 江风：梁元帝《赋得涉江采芙蓉》"江风当夏清，桂楫逐流萦"。

18. 夕照：王勃《山居秋暝》"山色浅深随夕照，江流日夜变秋声"。

19. 亲友：陶潜《诗序》"停云，思亲友也"。

【简评】

笔路迂回，由"云"而引出"意"，仿佛幽幽曲径。

（十七）水流心不竞 [1]

机心 [2] 消不尽，竞似水横流。

及到观澜 [3] 久，偏能与化游 [4]。

虚怀 [5] 澄 [6] 渡口 [7]，活相悟源头 [8]。

所见无清浊 [9]，当前孰去留 [10]？

估帆 [11] 争若鹜 [12]，人影淡如鸥 [13]。

花亦言忘 [14] 矣，琴还志在 [15] 不？

风波 [16] 平幻境，尘海定浮沤 [17]。

会得如斯 [18] 意，何容更远求 [19]！

水流心不竞

【注释】

1. 水流心不竞：出自杜甫《江亭》"水流心不竞，云在意俱迟"。

2. 机心：庄子《天地》"有机械者必有机事，有机事者必有机心"。

3. 观澜：孟子有《观澜》一文。

4. 与化游：《淮南子》"太古三皇，得道之柄，立于中央，神与化游，以抚四方"。

5. 虚怀：杜甫《李监宅二首》"一见能倾座，虚怀只爱才"。

6. 澄：《南史·宗炳传》"澄怀观道卧以游之"。

7. 渡口：岑参《巴南舟中夜书事》"渡口欲黄昏，归人争流喧"。

8. 源头：朱熹《观书有感》"问渠那得清如许，为有源头活水来"。

9. 清浊：杜甫《佳人》"在山泉水清，出山泉水浊"。

10. 去留：陶潜《归去来兮辞》"曷不委心任去留"。

11. 估帆：何景明《送卫进士推武昌》"仙人楼阁春云里，估客帆樯晚照余"。

12. 争……鹜：《楚辞·卜居》"宁与黄鹄比翼乎，将与鸡鹜争食乎"。

13. 人影淡……鸥：刘希夷《公子行》"马声回合青云外，人影摇动绿波里"。又司空图《诗品典雅》"人淡如菊"。又李东阳《鸥赋》"忽淡荡而云云浮"。又张养浩《九日》

"云山自笑头将鹤，人海谁知我亦鸥"。

14. 花……言忘：刘长卿《寻南溪常道士》"溪花与禅意，相
对亦忘言"。

15. 琴……志在：《列子·汤问》"伯牙善鼓琴，钟子期善听。
伯牙鼓琴，志在高山，钟子期曰：善哉，峨峨兮若泰山；
志在流水，钟子期曰：善哉，洋洋兮若江河"。

16. 风波：李康《运命论》"志士仁人求遂其志，而冒风波于
险涂"。又白居易《除夜寄微之》"家山泉石寻常忆，世
路风波子细谙"。

17. 浮沤：薛季宣《龙翔寺》"潮信往来无别屿，世缘生灭几
浮沤"。

18. 如斯：《论语》"逝者如斯"。

19. 会……意……远求：《世说新语》"简文入华林园，顾谓左
右曰：会心处不在远，翳然林木便有，濠濮间想也"。

【简评】

由水流联想到宇流，再去思辨人生的意义，从老庄处
得义。

（十八）月到中秋分外明¹

一样²团圞³月，秋来气倍清⁴。

况当三五夜⁵，更放十分⁶明。

叶脱桐⁷阴老，花开桂树荣⁸。

天将云洗净⁹，地讶水铺平¹⁰。

瓜果¹¹家家酒¹²，笙歌¹³处处¹⁴城。

镜¹⁵磨银汉¹⁶影，珠¹⁷涌大江¹⁸声。

乐府¹⁹增仙曲²⁰，乡山²¹动客情²²。

人间²³光有限，最好²⁴是蓬瀛²⁵。

月到中秋分外明

【注释】

1. 月到中秋分外明：此为俗语入帖，在试帖诗中常见。此法随机性更强。

2. 一样：杜小山《寒夜》"寻常一样窗前月，才有梅花便不同"。

3. 团圞：任华《寄杜拾遗》"积翠扈游花匝匝，披香寓直月团圞"。编者按：披香，唐殿名。

4. 秋……气……清：杜甫《夜》"露下天高秋气清，空山独夜旅魂惊"。

5. 三五夜：《礼·礼运》"三五而盈，三五而阙"。又白居易《八月十五夜忆元九》"三五夜中新月色，二千里外故人心"。

6. 十分：苏东坡《八月十五日看潮五绝》"定知玉兔十分圆，化作霜风九月寒"。

7. 叶脱桐：谢庄《月赋》"洞庭始波，木叶微脱"。又《淮南子》"梧桐一叶落，而天下知秋"。又吕温《和张舍人阁中直夜》"远风蔼兰气，微露清桐荫"。又李白《秋登谢朓北楼》"人烟寒橘柚，秋色老梧桐"。

8. 花……桂树荣：《酉阳杂俎》"月中有桂，高五百丈"。又王建《十五夜望月》"中庭地白树栖鸦，冷露无声湿桂花"。又曹植《朔风》"秋兰可喻，桂树冬荣"。

9. 天将云洗净：刘禹锡《八月十五夜玩月》"天将今夜月，一遍洗寰瀛"。又许浑《鹤林寺中秋夜》"初更云净出沧海，半夜露寒当碧天"。

10. 地……水铺平：殷文圭《八月十五夜》"满衣冰彩拂不落，遍地水光凝欲流"。又倪瓒《月》"烟雨山前度石湖，一奁秋影玉平铺"。

11. 瓜果：《北京岁华记》"中秋夜，人家各置月宫符像，符上兔如人立。陈瓜果于庭，饼面绘月中蟾兔。男女肃拜，烧香至旦而焚之"。

12. 家家酒：《东京梦华录》"中秋夜，贵家结饰台榭，民家争占酒楼玩月。笙簧鼎沸闾里，小儿连宵嬉戏"。

13. 笙歌：陆龟蒙《中秋待月》"最爱笙歌闻北里，渐看星澹失南箕"。

14. 处处：范成大《酬叶道卿中秋对月》"处处楼台竞歌宴，的能爱月几人同"。

15. 镜：罗隐《咏新月》"谁家宝镜初磨出，玉匣参差盖不交"。

16. 银汉：天河也。苏东坡《中秋》"暮云收尽溢清寒，银汉无声转玉盘"。

17. 珠：白居易《春题杭州湖上》"松排山面千重翠，月点波心一颗珠。"

18. 涌大江：杜甫《旅夜书怀》"星垂平野阔，月涌大江流"。

19. 乐府：《乐府集》"乐府之名起于汉魏，自孝惠帝时夏侯宽为乐府令，始以名官。至武帝乃立乐府"。

20. 仙曲：柳宗元《龙城录》"开元六年，上皇与申天师道士鸿都客，八月望日夜游月中，见一大宫府，榜曰广寒清虚之府。其间仙人道士乘云驾鹤，往来若游戏。有素娥十余人，皆皓衣，乘白鸾，往来舞笑于广庭大桂树之下，乐音嘈杂，亦甚清丽。归编律成音，制《霓裳羽衣舞曲》。编者按：《异文录》文略异。

21. 乡山：丘为《登润州城》"乡山何处是？目断广陵西"。

22. 客情：湛方生《还都帆诗》"瘖言赋新诗，忽忘羁客情"。

23. 人间：杜甫《月》"天上秋期近，人间月影清"。

24. 最好：高启《中秋玩月》"人言此夜月最好，金精玉气秋相涵"。

25. 蓬瀛：赵沨《中秋》"秋气平分月正明，蕊珠宫阙对蓬瀛"。

【简评】

世有知音，皆在蓬瀛。与知音对话，是人生之大幸。其"镜磨银汉影，珠涌大江声"乃掷地金声。

（十九）方流涵玉润 [1]

水折璇源 [2] 外，深涵宝气 [3] 藏。

润原同石韫 [4]，流亦作盂方 [5]。

碧 [6] 汇千寻海 [7]，晴开一鉴塘 [8]。

盖云 [9] 蒸 [10] 漏影，珪月 [11] 印生芒。

倒挹壶山 [12] 秀，旁通璧沼 [13] 香。

晕 [14] 能周四角 [15]，涡 [16] 不聚中央 [17]。

井 [18] 溉春分泽，舟 [19] 移夜吐光 [20]。

昭华 [21] 符帝矩，精理悟微彰 [22]。

【注释】

1. 方流涵玉润：出自张文琮《咏水》"方流涵玉润，圆折动流光"。

2. 璇源：颜延之《赠王太常》"玉水记方流，璇源载圆折"。编者按：尸子曰"凡水其方折者有玉，其圆折者有珠也"。

3. 宝气：郭璞瑾《瑜玉赞》"钟山之宝，爰有玉华，光彩流映，气如虹霞"。

4. 石韫：陆机《文赋》"石韫玉而山辉，水怀珠而川媚"。

5. 盂方：《荀子》"君者，盂也。盂方则水方，盂圆则水圆"。

6. 碧：唐太宗《宴中山》"斩鲸澄碧海，卷雾扫扶桑"。

7. 千寻海：《梁书·朱异传》钱塘朱异"器宇宏深，神表峰峻。金山万丈，缘陟未登。玉海千寻，窥映不测"。

8. 一鉴塘：朱熹《观书有感》"半亩方塘一鉴开，天光云影共徘徊"。

9. 盖云：《五灯会元》"佛家有盖云"。又魏文帝诗《杂诗》"西北有浮云，亭亭如车盖"。

10. 蒸：孟浩然《望洞庭湖赠张丞相》"气蒸云梦泽，波撼岳阳城"。

11. 珪月：江淹《别赋》"秋月如珪"。谢惠连《雪赋》"既因方而为珪"。

12. 壶山：《拾遗记》"海中三山。一方壶则方丈也，一蓬壶则

方流涵玉润

蓬莱也，一瀛壶则瀛洲也。三山皆上广、中狭、下方形如壶"。

13. 璧沼：《唐书·归崇敬卷》"天子学曰璧雍，在礼曰泽官，前世或曰璧池或璧沼。亦曰学省亦名国子监"。

14. 晕：蔡襄《四月池上》"风下平池水晕开，池边露坐水风来"。

15. 四角：《握奇经》"风居四维，故以圆风居四角"。又岑参《登慈恩寺》"四角碍白日，七层摩苍穹"。

16. 涡：《阿房宫赋》"蜂房水涡"。又苏东坡诗《百步洪二首》

"四山眩转风掠耳,但见流沫生千涡"。

17. 中央:《诗经》"宛在水中央"。

18. 井:梁简文帝《七励》"璧仪照气,玉井珠分"。

19. 舟:《国语》"方舟设泭,乘桴济河"。

20. 夜吐光:《拾遗记》"炎帝有石璘之玉,名曰夜光,以晴投水浮而不灭"。又杜甫《蕃剑诗》"如何有奇怪,每夜吐光芒"。

21. 昭华:《尚书·大卷》"尧投舜以天下赠之,以昭华之玉"。

22. 微彰:颜延之《赠王太常诗》"蓄实每希声,虽秘亦微彰"。

【简评】

方流涵玉润,玉润彰帝德,帝德聚人心——"晕能周四角,涡不聚中央。"

（二十）明月照积雪[1]

积雪明如此，今宵[2]更月明。

五言高万古[3]，一色[4]写双清[5]。

影重浑疑化，光凝[6]似不行。

冻痕[7]连底[8]活，圆晕[9]碧空生。

玉气[10]交珠气[11]，山晴[12]误水晴[13]。

楼台寒[14]有韵[15]，天地皓[16]无声[17]。

映[18]魄蟾心冷[19]，窥巢鹤梦惊[20]。

纤埃[21]何处著，朗朗[22]照吟情[23]。

【注释】

1. 明月照积雪：出自谢惠连《岁暮》"明月照积雪，朔风劲且哀"。

2. 今宵：韩愈《八月十五夜赠张功曹》"我歌今与君殊科，一年明月今宵多"。

3. 五言高万古：钟嵘《诗品》清晨登陇首，羌无故实；明月照积雪，讵出经史。此五言即"明月照积雪"五字。

4. 一色：欧阳修《自菩提步月归广化寺》"明月净松林，千

明月照积雪

峰同一色"。

5. 双清：杜甫《屏迹》"杖藜从白首，心迹喜双清"。

6. 光凝：谢庄《月赋》"柔只雪凝，圆是水镜"。又栖白《八月十五夜玩月》"青光凝有露，皓魄爽无烟"。

7. 冻痕：徐夤《东风解冻》"暖气发苹末，冻痕消水中"。

8. 连底：罗邺《早发》"白草近关微有路，浊河连底冻无声"。

9. 圆晕：《淮南子》"画随灰面月晕阙"。编者注："有军士相围守则月晕，以芦灰环，缺其一面，则月晕亦阙于上"。又雍陶《河阴新城》"五里似云根不动，一重如月晕长圆"。

10. 玉气：陶谷《清异录》"凡雪仙人亦重之，号天公玉戏"。《云笈七签》"金霞玉气，珠彩祥烟"。

11. 珠气：白居易《春题湖上》"松排山面千重翠，月点波心一颗珠"。《杜阳杂编·上》"清珠有神光异气"。

12. 山晴：《方舆胜览》"燕山八景，其一为西山晴雪"。

13. 水晴：赵嘏《江楼玩月》"独上江楼思渺然，月光如水水如天"。又苏东坡《饮西湖上初晴后雨》"水光潋滟晴方好，山色空蒙雨亦奇"。

14. 楼台寒：苏东坡《腊月游孤山访惠勤惠思二僧》"天欲雪，云满湖，楼台明灭山有无"。又《中秋》"我欲乘风归去，又恐琼楼玉宇，高处不胜寒"。

15. 有韵：崔道融《梅花》"香中知有韵，清极不知寒"。

16. 皓：李白《自金陵溯流过白璧山玩月达天门寄句容王主

簿》"秋月照白璧，皓如山阴雪"。

17. 无声：范元卿《吟月》"银汉无声，水轮直上，桂湿扶疏影"。

18. 映：韩愈《寒食日出游》"走马城西惆怅归，不忍千株雪相映"。又朱熹《水调歌头》"雪月两相映，水石互悲鸣"。

19. 魄蟾心冷：《岁华纪丽》"蛾眉蟾魄，皎兮出矣"。又徐仲雅《东华观偃松》"月滴蟾心水，龙遗脑骨香"。又苏东坡《中秋》"桂魄飞来光射处，冷浸一天秋碧"。

20. 窥巢鹤梦惊：刘宪《夜宴安乐公主新宅》"绮缀玲珑河色晓，珠帘隐映月华窥"。又卢纶《塞下曲》"发棹鱼先跃，窥巢鸟不惊"。又王维《山居即事》"鹤巢松树遍，人访荜门稀"。又陆游《秋夜》"露浓惊鹤梦，月冷伴蛩吟"。

21. 纤埃：欧阳修《内直对月寄子华舍人持国廷评》"纤埃不隔光初满，万物无声夜向阑"。

22. 朗朗：刘义庆《世说》"时人曰：夏侯太初朗朗如月之入怀，李安国颓唐如玉山之将崩"。

23. 吟情：赵师秀《秋色》"幽人爱秋色，只为嘱吟情"。

【简评】

大力擎天，遥情播远。其"玉气交珠气，山晴误水晴"风流自赏，意气自得。

（二十一）松含风里声 [1]

无风松有韵，风里 [2] 更听松 [3]。

鼓籁 [4] 围千尺，含声隔几重。

动摇 [5] 秋意 [6] 满，呼吸 [7] 午阴 [8] 浓。

远势 [9] 笼斜瀑，回音 [10] 挟断钟。

弹难成此曲 [11]，响 [12] 不辩何峰。

涛转空中影 [13]，云惊静后容 [14]。

薄寒 [15] 初警鹤 [16]，奇气 [17] 欲嘘龙 [18]。

侧耳 [19] 深林久，清机荡客胸 [20]。

松含风里声

【注释】

1. 松含风里声：出自王维《林园即事》"松含风里声，花对池中影"。

2. 风里：李山甫《风》"孤标百尺雪中见，长啸一声风里闻"。

3. 听松：欧阳玄《漫题》"翰长昼闲来啜茗，下帘跪坐听松涛"。

4. 籁：苏东坡《答仲屯田次韵》"大木百围生远籁，朱弦三叹有遗音"。

5. 动摇：崔颢《入若耶溪》"起坐鱼鸟间，动摇山水影"。

6. 秋意：王涯《秋思二首》"宫连太液见沧波，暑气微消秋意多"。

7. 呼吸：《神仙传》"八公能乘云步虚，越海凌波，出入无间，呼吸千里"。

8. 午阴：苏舜钦《寄题赵叔平嘉树亭》"午阴闲溪茶烟外，晓韵萧疏睡雨中"。

9. 远势：方干《东山瀑布》"挂岩远势穿松岛，击石残声注稻畦"。

10. 回音：梁武帝《子夜四时歌》"当信抱梁期，莫听回风音"。

11. 曲：《琴集》"《风入松》曲谱，嵇康所作"。

12. 响：卢肇《风不鸣条》"入谷迷松响，开窗失竹声"。

13. 涛……空……影：《王直方诗话》"或有称咏松句云：影摇

千尺龙蛇动，声撼半天风雨寒者，一僧在座，曰：未若云影乱铺地，涛声寒在空"。

14. 云……容：王佥《和萧子良高松赋》"上拂天而独远，下流云而自重"。又杜牧《齐安郡晚秋》"云容水态还堪赏，啸志歌怀亦自如"。

15. 薄寒：杜甫《重简王明府》"甲子西南异，冬来只薄寒"。

16. 警鹤：《风土记》"白鹤性警，至八月白露降，有声则鸣"。又王维《山居即事》"鹤巢松树遍，人访荜门稀"。

17. 奇气：王蒙《姑苏怀古》"金精发奇气，剑去虎亦无"。

18. 嘘龙：王维《春日与裴迪过新昌里访吕逸人不遇》"闭户著书多岁月，种松皆作老龙鳞"。

19. 侧耳：李白《将进酒》"请君为我侧耳听"。

20. 荡……胸：杜甫《望岳》"荡胸生曾云，决眦入归鸟"。

【简评】

借风声以彰松姿，借松姿以品松德，借松德以壮人怀。层层递进，了了清清。

（二十二）思发在花前[1]

待花[2] 归已晚，难遣[3] 是花前。

淑景[4] 犹迟在，乡心[5] 早勃然。

隔年[6] 惊岁改[7]，为客觉春先[8]。

雪尽[9] 空林夜[10]，云停[11] 独醉[12] 天。

身如庭树兀[13]，信怕驿梅传[14]。

未许芳情[15] 系，凭将好梦[16] 悬。

若教开旖旎[17]，当更致缠绵[18]。

忆否辞家日？千枝[19] 照别筵[20]。

思发在花前

【注释】

1. 思发在花前：薛道衡《人日思归》"入春才七日，离家已半年。人归落雁后，思发在花前"。

2. 待花：庾信《咏春近余雪应诏》"待花将对酒，留雪拟弹琴"。

3. 难遣：《世说新语》"卫洗马初渡江，与左右曰：苟未免有情，亦复谁能遣此"。

4. 淑景：魏征《奉和正日临朝应》"淑景辉雕辇，高旍扬翠烟"。

5. 乡心：许浑《寓开元精舍酬薛秀才》"故山迢递故人去，白云归处寄乡心"。

6. 隔年：方千《对花》"野客须拼终日醉，流莺自有隔年期"。

7. 岁改：《诗经·七月》"日为改岁"。

8. 为客……春先：杜甫《冬至》"年年至日长为客，忽忽穷愁泥杀人"。刘长卿《新年作》"老至居人下，春归在客先"。

9. 雪尽：唐太宗《守岁》"送寒余雪尽，迎岁早梅新"。

10. 空林夜：韦应物《赠上方僧》"空林无宿火，独夜汲寒泉"。

11. 云停：陶渊明《停云诗序》"停云，思亲友也"。

12. 独醉：梅尧臣《和腊前》"独醉冻醪惊节物，草芽微动见庭萱"。

13. 身……庭树兀：《传灯录》"身是菩提树"。又张籍《惜花》"蒙蒙庭树花，坠地无颜色"。又陆机《文赋》"兀若枯木"。

14. 信……驿梅传：《清波杂志》"江南自初春至首夏，有二十四番风信，梅花风最先，楝花风最后"。编者按：此与王逵《蠡海集事》同，但起句小异。《荆州记》"陆凯与范晔相善，自江南寄梅花一枝诣长安与晔，并赠诗曰：折梅逢驿使，寄与垄头人。江南无所有，聊赠一枝春。"又李思衍《元日》"洪钧暖入宫桥柳，金殿香传驿使梅"。

15. 芳情：《楚辞·离骚》"苟余情其信芳"。

16. 好梦：张建《梨花》"月影晓窗留好梦，雨声深夜锁清愁"。又陆游《春残》"时平壮士无功老，乡远征人有梦归"。

17. 旖旎：《楚辞·九辩》"窃悲夫蕙华之曾敷兮，旖旎乎都房"。编者按：旖旎，盛貌也。《诗经》"旖旎其华"。

18. 缠绵：张揖《博雅》"绸缪缠绵也"。又应璩《与陶侃书》"中寻平生，缠绵旧好"。

19. 千枝：韩偓《伤乱》"岸上花根总倒垂，水中花影几千枝"。

20. 别筵：杜甫《送韦郎司直归成都》"别筵花欲暮，春日鬓俱苍"。

【简评】

　　思发在花前，赏花宜后入，此乃诗心；依景化典，借典灵心，此谓诗兴。

（二十三）荫暍樾下 [1]

治溯成周盛，招徕 [2] 樾下人。

泽枯 [3] 怀旧德 [4]，荫暍戴新仁。

烈日遮无漏 [5]，熏风扇更匀 [6]。

商郊同解渴 [7]，夏屋等容身 [8]。

桥可依如父 [9]，棠还爱 [10] 及臣。

阴垂 [11] 三十世，手种 [12] 八千春 [13]。

坐有清凉界 [14]，咨无暑雨民 [15]。

圣心 [16] 群在宥 [17]，覆物 [18] 仰枫宸 [19]。

荫暍樾下

【注释】

1. 荫暍橄下：《淮南子·人间》"武王荫暍人于橄下"。周武王将一位中暑者安置在树荫之下，左手拥抱着他，右手用扇给他扇凉。此喻有德君王。

2. 招徕：《唐书·戴叔伦传》"招徕夷落，威名流闻"。

3. 泽枯：《吕氏春秋》"西伯立灵台，掘地得死人之骨。西伯曰：更葬之。吏曰：此无主矣。西伯曰：有天下者，天下之主也；有一国者，一国之主也。寡人固共主，又安所求主乎？遂葬之。天下皆曰：泽及枯骨，况其人乎？于是归者三十国。三分天下，奄有其二。"

4. 旧德：班固《西都赋》"上食旧德之名氏，农服先畴之亩亩"。

5. 烈日……漏：《南史·齐东昏侯纪》"帝以阅武堂为芳乐苑，当暑征求人家望树。烈日之中，至便焦躁，纷纭往还，无复已极"。又韩愈《南海神庙碑》"日光穿漏"。

6. 薰风扇……匀：《帝王世纪》"舜弹五弦之琴，歌曰：南风之薰兮，可以解吾民之愠兮。南风之时兮，可以阜吾民之财兮"。应吉甫《华林园集诗》"元泽旁流，仁风潜扇"。又皮日休《海石榴花盛发诗》"风匀只似调红露，日暖唯忧化赤霜"。又商郊《书·牧誓》"王朝至于商郊牧野"。

7. 解渴：刘义庆《世说新语》"魏武行役，失汲，三军皆渴。乃令曰：前有大梅林，饶子，甘酸，可以解渴。士卒闻之，口皆出水，乘此得及前源。"夏屋《扬子法言》"震风凌雨，然后知夏屋之为帡幪也"。

8. 容身：《淮南子》"夫至人容身而游，适情而行"。

9. 桥……如父：《尚书·大传》"伯禽见周公，三见三笞之，莫知其故。问商子，商子曰：南山之阳，有木名桥，其阴，有木名梓，何不往视之？伯禽往见，桥木高而仰，梓木卑而俯，还告商子。商子曰：桥者，父道也；梓者，子道也。明日，伯禽见周公，登堂而跪"。

10. 棠……爱：《诗经·甘棠》篇注"召伯循行南国，以布文王之政，或舍甘棠之下。其后人思其德，故爱其树而不忍伤也"。

11. 阴垂：张衡《西京赋》"吐葩扬荣，布叶垂阴。三十世左宣：三年，成王定鼎于郏鄏，卜世三十，卜年七百，天所命也。"又《焦赣易林》"世建三十，年历八百"。编者按：周朝共三十七王，言三十，举全数也。

12. 手种：杨万里《松诗》"老人手种一川松，为栋为梁似未中"。

13. 八千春：庄子《逍遥游》篇"上古有大椿者，以八千岁为春，八千岁为秋"。

14. 清凉界：周伯琦《纪行诗》"地蕴清凉界，天开锦绣城"。

15. 咨……暑雨民：《书君牙》"夏暑雨，小民惟曰：怨咨"。

16. 圣心：谢瞻《九日从宋公戏马台集送孔令诗》"圣心眷佳

节，扬銮戾行宫。"

17. 在宥：《庄子·在宥》"闻在宥天下，不闻治天下也。在之也者，恐天下之淫其性也。宥之也者，恐天下之迁其德也"。

18. 覆物：《中庸》"博厚，所以载物也；高明，所以覆物也"。

19. 枫宸：《说文解字》"枫木，汉宫殿中多植之，故称枫宸"。又何晏《景福殿赋》"芸若充庭，槐枫被宸"。

【简评】

朗若秋月，艳如春花。桥父棠爱，阴及无穷。为政之道，德是首功。

（二十四）广厦千万间 [1]

眼前直突兀 [2]，方寸 [3] 涌奇观。

夏屋 [4] 居何广 [5]，秋风士不寒 [6]。

建章门户 [7] 远，太极栱栌 [8] 宽。

日月 [9] 疏寮窔 [10]，阴阳爨栋 [11] 完。

仙宫 [12] 新结构 [13]，佛国 [14] 大团圞 [15]。

馆为延英 [16] 启，宾知入幕 [17] 安。

都将千俊 [18] 集，便可一家 [19] 看。

圣寓 [20] 仁兼寿 [21]，帡幪 [22] 匝地 [23] 欢 [24]。

广厦千万间

【注释】

1. 广厦千万间：出自杜甫《茅屋为秋风所破歌》"安得广厦千万间，大庇天下寒士俱欢颜"。

2. 眼前……突兀：杜甫《茅屋为秋风所破歌》"眼前突兀见此屋"。

3. 方寸：《庄子·仲尼》"嘻，吾见子之心矣，方寸之地虚矣"。

4. 夏屋：《诗经·秦风·权舆》"于我乎夏屋渠渠，今也每食无余。"《毛传》"夏，大也"。

5. 居……广：《孟子》"居天下之广居"。

6. 秋风士……寒：杜甫《茅屋为秋风所破歌》"安得广厦千万间，大庇天下寒士俱欢颜"。

7. 建章门户：《一统志》"建章宫在陕西西安府城西北二十里，汉武帝建。度高未央千门万户，辇道相属"。

8. 太极栱栌：《魏略》"青龙二年起太极殿"。《初学记》"历代殿名，或沿或革，惟魏之太极自晋以降，正殿皆名之"。又《一统志》：太极殿，唐西内正殿也，高祖因隋大兴殿改，乃朔望视朝之所。又徐陵《太殿极铭序》"千栌赫弈，万拱峻层"。编者按：栱栌及斗拱。

9. 日月：刘伶《酒德颂》"日月为扃牖，八荒为庭区"。

10. 疏寮豁：左思《魏都赋》"瞰日笼光于绮寮"。又张衡《西京赋》"交绮豁以疏寮"。编者按：疏为刻穿之意。《昭明

文选·李善注》"交结绮文，豁然穿以为寮也"。《仓颉篇》
"寮，小窗也"。

11. 阴阳爨栋：左思《魏都赋》"亢阳台于阴基，拟华山之削
成：上紫栋而重溜，下冰室而沍冥"。编者按：台榭高大
谓之阳，基在下故曰阴。爨栋即厨房。

12. 仙宫：《秘要经》"仙宫中有蓊阳之殿，蕊珠之阙"。

13. 结构：杜甫《飞仙阁》"栈云栏干峻，梯石结构牢"。

14. 佛国：《隋书·经籍志·佛国记卷》，沙门释法显撰。

15. 大团圞：《庞居士语录》"有男不婚，有女不嫁，大家团圞
头，共说无生话"。

16. 馆……延英：《唐纪》"高祖武德三年，以秦王世民功
大，置天策上将，位在王公上。以世民为之开府，置属
世民以海内浸平，乃开馆以延文学之士，杜如晦等十八
人为文学馆学士。命阎立本图像，褚亮为赞，号十八学
士。预其选者，时人谓之登瀛洲。编者按：《唐书·太宗
纪·杜如晦、褚亮传》事同文异。又《汉书·王褒》"圣
主得贤臣，颂开宽裕之路，以延天下之英俊也"。

17. 宾……入幕：《晋书·郗超传》"桓温怀不轨，超为之谋。
谢安与王坦之尝为温论事，温令超帐中卧听之，风动帐
开，安笑曰：郗生可谓入幕之宾矣"。

18. 千俊：《淮南子》"智过万人者谓之英，千人者谓之俊，百
人者谓之豪，十人者谓之杰"。

19. 一家：《礼记·礼运》"圣人耐以天下为一家，以中国为一人者，非意之也"。陆游《感愤》"四海一家天历数，两河百郡宋山川"。

20. 圣寓：沈约《瑞石像铭》"惟圣仁寓，宝化潜融"。

21. 仁……寿：《汉书·礼乐志》"延儒生，明王制，驱一世之民，跻之仁寿之域"。

22. 帡幪：扬雄《法言·吾子》"震风陵雨，然后知夏屋之为帡幪也"。编者按："在旁曰帡，在上曰幪，即今帐篷也。"

23. 匝地：戴亨《塞外战场》"雪中衰草连天白，塞上愁云匝地黄"。

24. 欢：见杜诗"大庇天下寒士俱欢颜"。

【简评】

力量精实，自为佳构。济民情怀，直逼少陵。

（二十五）春星带草堂[1]

草堂人合宴[2]，良夜[3]半冥冥[4]。

客坐沉纤月[5]，春痕[6]带大星[7]。

流杯[8]刚泛蚁[9]，过树忽疑萤[10]。

风定[11]光犹动[12]，天低[13]照欲醒[14]。

有情辉老屋[15]，无影转空庭[16]。

水暗时拖白[17]，灯残乍避青[18]。

当书堪借映[19]，在户且迟扃[20]。

醉里看牛斗，将无剑气灵[21]。

【注释】

1. 春星带草堂：出自杜甫《夜宴左氏庄》"暗水流花径，春星带草堂"。

2. 合宴：张说《东都酺宴诗》"合宴千官入，分曹百戏呈"。

3. 良夜：苏东坡《后赤壁赋》"月白风清，如此良夜何"？

4. 冥冥：苏东坡《中秋夜》"河汉冷无云，冥冥独飞鹊"。

5. 纤月：杜甫《夜宴左氏庄》"风林纤月落，衣露净琴张"。

6. 春痕：毛滂《玉楼春》"淡烟疏雨冷黄昏，零落荼蘼花片，

春星带草堂

损春痕"。

7. 大星：杨用修《武侯庙》"旧业未能归后主，大星先已落前军"。

8. 流杯：《荆楚岁时记》"三月三日，士民并出于江渚池沼间，为流杯曲水之饮"。

9. 泛蚁：张衡《南都赋》"醪敷径寸，浮若蚁萍"。编者按：《释名》"酒有泛齐浮蚁在上，泛泛然如萍之多者"。

10. 树……萤：梁简文帝《萤》"腾空类屋阴，拂树若花生"。

11. 风定：刘得仁《宿宣义池亭》"夜深斜舫月，风定一池星"。

12. 动：杜甫《春宿左省》"星临万户动，月傍九霄多"。

13. 天低：孟浩然《宿建德江》"野旷天低树，江清月近人"。

14. 醒：张雨《山中客夜》"尘埃暑困人如醉，月露夜凉天亦醒"。

15. 老屋：陈师道《春怀示邻里》"断墙着雨蜗成字，老屋无僧燕作家"。

16. 空庭：罗隐《萤》"空庭夜未央，点点度西墙"。

17. 水暗……拖白：李端《山中期吉中孚》"水暗蒹葭雾，月明杨柳风。"又罗庆《水调歌头词》"雨晴山泼翠，溪净水拖蓝。"又杜甫《中宵》"飞星过水白，落月动沙虚"。

18. 灯残……青：李中《寒江暮泊寄左偍》"天涯孤梦去，逢底一灯残"。又蔡珪《秋日》"青灯把卷逢真味，绿酒倾樽破薄寒"。

19. 书……映：王嘉《拾遗记》"任未或依林木之下，编茅为庵，削荆为笔，克树汁为墨，夜则映星望月，暗则缕麻蒿以自照；观书有合意者，题其衣裳以记其事"。

20. 在户……扃：《诗经·绸缪》"三星在户"。又王禹偁《丁卯上元灯夕》"百万人家户不扃，管弦灯烛沸重城"。

21. 牛斗……剑气灵：《晋书·张华传》"斗牛之间常有紫气。华问雷焕，焕曰：宝剑之精，上彻于天耳。即补焕为丰城令。到县，掘地得双剑，一曰龙泉，一曰太阿。遣使送一剑与华，或曰得两送一，可乎？焕曰：灵异之物，终当化去，不永为人服也。"

【简评】

纤月既落，春星亦繁，用半冥冥托起"带"，匠心独运。

（二十六）雨后山光满郭青[1]

春郭连宵雨[2]，春山[3]望里冥。

天开今日霁[4]，人立满城青。

瀑影和烟挂[5]，江声入画[6]听[7]。

垂杨[8]千睥睨[9]，洒翠六围屏[10]。

树每依官渡[11]，云知恋[12]郡庭。

晴风[13]吹欲活[14]，晚黛[15]坐如瞑。

恰好鬟新结[16]，多惭屐[17]未经。

况兼禾稼[18]好，浓绿遍郊垌[19]。

雨后山光满郭青

【注释】

1. 雨后山光满郭青：出自张籍《寄和州刘使君》"晓来江气连城日，雨后山光满郭青"。

2. 连宵雨：韩偓《南浦》"正值连宵酒未醒，不宜此际兼微雨"。

3. 春山：岑参《邱中春卧寄王子诗》"竹深喧暮鸟，花缺露春山"。

4. 天开……霁：孟浩然《途中遇晴》"天开斜景遍，山出晚云低"。又高适《古乐府飞龙曲，留上陈左相（陈希烈）》"豁达云开霁，清明月映秋"。

5. 瀑……烟挂：李白《望庐山瀑布》"日照香炉生紫烟，遥看瀑布挂前川"。

6. 入画：李白《秋登宣城谢脁北楼》"江城入画里，山晚望晴空"。

7. 江声……听：杜甫《客夜》"卷帘残月影，高枕远江声"。柳瑨《奉和晚日杨子江应制诗》"未睹纤罗动，先听远涛声"。

8. 垂杨：李商隐《安定城楼》"迢递高城百尺楼，绿杨枝外尽汀洲"。又李白《愁肠春赋》"何垂杨旖旎之愁人"。

9. 晔睍：王筠《和新渝侯巡城》"采恩分晓色，晔睍生秋雾"。

10. 六围屏：赵抃《次韵三司蔡襄芦雁獐猿二首其二》"山容野态穷微妙，造化争功六幅屏"。

11. 官渡：范成大《晚入盘门》"两行碧柳笼官渡，一簇红楼压女墙”。

12. 云……恋：钱起《岁月归山》“莺暖初归树，云晴却恋山”。

13. 晴风：王安石《初夏即事》“晴日晚风生麦气，绿阴幽草
胜花时”。

14. 活：杜牧《池州送孟迟先辈》“烟湿树枝娇，雨余山态活”。

15. 晚黛：范成大《上巳泛舟》“抹黛浓岚围坐晚”。

16. 鬟……结：黄庭坚《望君山》“绾结湘娥十二鬟”。

17. 屐：傅若金《寄题番阳周子震金潭山居》“遂求灵运屐，
一往眺林垧”。

18. 禾稼：陆游《白发》“禾稼连云几事登”。

19. 郊垧：沈约《郊居赋》“亘绕州邑，款跨郊垧”。《尔雅》释
地：邑外谓之郊，郊外谓之牧，牧外谓之野，野外谓之垧。

【简评】

满郭青紧从雨后写出，妙在山光之青不是青山二字所
了了，而是寄深情于民生。

（二十七）熏风自南来 [1]

廿四东风 [2] 过，熏兮 [3] 转自南。

凉从唐殿泻，信 [4] 有舜琴 [5] 谙。

小草循陔 [6] 拂 [7]，新苗 [8] 竟亩 [9] 含。

吹回衡岳雁 [10]，送到越裳 [11] 骖。

布凯 [12] 随星指 [13]，杨仁 [14] 助雨甘 [15]。

散之 [16] 元气 [17] 满，任也 [18] 大声 [19] 酣。

仲吕宫 [20] 初叶，卷阿 [21] 句可参。

圣心勤解阜 [22]，六合 [23] 仰恩覃 [24]。

熏风自南来

【注释】

1. 熏风自南来：出自释慧开《偈颂八十七首》"熏风自南来，殿阁生微凉"。后董其昌也曾引用。

2. 廿四东风：王逵《蠡海集》"二十四番花信风者，一月二气六候，自小寒至谷雨，凡四月、八气、二十四候。每候五日，以一花之风信应之。小寒之一候梅花，二候山茶，三候水仙；大寒之一候瑞香，二候兰花，三候山矾；立春之一候迎春，二候樱桃，三候望春；雨水之一候菜花，二候杏花，三候李花；惊蛰之一候桃花，二候棣棠，三候蔷薇；春分之一候海棠，二候梨花，三候木兰；清明之一候桐花，二候麦花，三候柳花；谷雨之一候牡丹，二候荼蘼，三候楝花，花竟则立夏矣"。李绅《过梅里七首》"东风报春春未彻，紫萼迎风玉珠裂"。

3. 熏兮：《帝王世纪》"舜弹五弦之琴，歌曰：南风之熏兮，可以解吾民之愠兮。南风之时兮，可以阜吾民之财兮"。

4. 信：应劭《风俗通》"五月有落梅风，谓之风信"。

5. 舜琴：见"熏兮"注。马怀素《奉和圣制春日幸望春宫应制》"缪参西掖沾尧酒，愿沐南熏解舜琴"。

6. 小草循陔：刘基《清平乐》"春风欲到，小草先知道"。又束皙《补亡诗》"循彼南陔，厥草油油"。

7. 拂：徐寅《初夏戏题》"长养熏风拂晓吹，渐开荷芰落蔷薇"。

8. 新苗：陶渊明《始春怀古田舍》"平畴交远风，良苗亦怀新"。

9. 竟亩：《诗经·七月》"馌彼南亩"。又《甫田篇》"禾易长亩，传易治也。长亩，竟亩也"。

10. 回衡岳雁：《一统志》"湖南衡州府城南有回雁峰，雁至衡阳不过，遇春而回"。编者按：南岳衡山，五岳之一。

11. 越裳：崔豹《古今注》"周公致治太平，越裳氏重译来贡白雉一、黑雉二，使者迷其归路。周公赐以骈车五乘，皆为司南之制，使越裳氏载之以南，期年而至其国"。

12. 凯：《诗经·凯风》"凯风自南"。又《尔雅·释天》"南风谓之凯风"。

13. 星指：《鹖冠子》"斗柄南指，天下知夏"。

14. 杨仁：《晋书·文苑·袁宏传》"谢安为扬州刺史，宏自吏部郎出为东阳郡。乃祖道于冶亭，时贤皆集，安欲以卒迫试之，临别领就左右取一扇授之，曰：聊以赠行。宏应声答曰：辄当奉扬仁风，慰彼黎庶。时人叹其率而能要焉"。

15. 雨甘：《诗经·甫田》"以祈甘雨"。

16. 散之：《易·说卦传》"雷以动之，风以散之"。

17. 元气：班固《东都赋》"降氤氲，调元气"。

18. 任也：《前汉书·律历志》"太阳者南方，南任也。阳气任养物，于时为夏"。

19. 大声：《扬子法言》"或问大声，曰：非雷非霆，隐隐耽耽，久而愈盈"。

20. 仲吕宫：蔡元定《律吕新书》"十二律还相为宫。四月仲吕为宫，九月无射为宫；二月夹钟为宫，七月夷则为宫；五月蕤宾为宫，十月应钟为宫；三月姑洗为宫，八月南吕为宫；正月太蔟为宫，六月林钟为宫；十一月黄钟为宫，十二月太吕为宫，是还相为宫也"。又《史记·律书》"仲吕者，万物尽旅西行也"。

21. 卷阿《诗经·卷阿》"有卷者阿，飘风自南"。编者按：召康公从成王游，歌于卷阿之上，因王之歌而作此以为戒。

22. 圣心……解阜：见前《荫暍樾下》"熏风扇匀"注。

23. 六合：《庄子·齐物论》"六合之外，圣人存而不论"。又《纂要》"天地四方曰六合"。

24. 恩覃：秦观《鲜于子骏行状》"覃恩迁都官员外郎，通判保安军"。编者按：覃恩意为广施恩泽。恩覃词语倒置为押韵。

【简评】

锁定"南"字，人人能解。借诗谏言，含蓄不露。

（二十八）深树云来鸟不知 [1]

鸟本忘机 [2] 者，幽栖 [3] 况在林。

来云浑不觉，入树抑何深。

渺渺 [4] 潜捎影，闲闲 [5] 但送音。

身藏千叶 [6] 定，梦 [7] 过半山 [8] 沉。

一任穿晴絮 [9]，还如负午阴 [10]。

权桠 [11] 中有路 [12]，去住两无心 [13]。

浓绿 [14] 和烟 [15] 化，轻寒 [16] 向夜禁。

谁将诗里画 [17]，静趣 [18] 独追寻 [19]。

深树云来鸟不知

【注释】

1. 深树云来鸟不知：钱起《山中酬杨补阙见过》"幽溪鹿过苔还静，深树云来鸟不知"。

2. 忘机：陆龟蒙《酬袭美》"除却伴谈秋水外，野鸥何处更忘机"。

3. 幽栖：谢灵运《邻里相送至方山》"资此永幽栖，岂伊年岁别"。

4. 渺渺：苏东坡《赤壁赋》"桂棹兮兰桨，击空明兮溯流光。渺渺兮予怀，望美人兮天一方"。

5. 闲闲：白居易《池上篇》"妻孥熙熙，鸡犬闲闲"。

6. 身藏千叶：陆龟蒙《奉和夏初袭美见访题小斋次韵》"啼莺偶坐身藏叶，饷妇归来鬓有花"。李颀《桱树》"爱君双桱一树奇，千叶齐生万叶垂"。

7. 梦：司马光《诗话》"陈文惠公能诗，尝有诗云：雨网蛛丝断，风枝鸟梦摇"。

8. 半山：张耒《忆吴兴》"半山塔寺藏云树，绕郭楼台住水天"。

9. 晴絮：韩愈《寄张十八助教周博士》"晴云如擘絮，新月似磨镰"。

10. 午阴：韩驹《句》"麦天晨气润，槐夏午阴清"。

11. 权桠：王延寿《鲁灵光殿赋》"枝撑权桠而斜据"。李善注：权桠，参差之貌。

12. 中有路：杜甫《归》"林中才有地，峡外绝无天"。

13. 无心：陶潜《归去来辞》"云无心以出岫，鸟倦飞而知还"。韩愈《赠同游》"无心花里鸟，更与尽情啼"。

14. 浓绿：李贺《四月十词》"晓凉暮凉树如盖，千山浓绿生云外"。

15. 和烟：黎逢《小苑春望宫池柳色》"始望和烟密，遥怜拂水轻"。

16. 轻寒：周邦彦《清明词》"轻寒轻暖漏永，半阴半阳云暮"。

17. 诗……画：苏轼《书摩诘蓝田烟雨图跋》"味摩诘之诗，诗中有画；观摩诘之画，画中有诗"。

18. 静趣：韦应物《神静师院》"方耽静中趣，自与尘俗违"。

19. 追寻：李远《失鹤》"碧落有情应怅望，青天无路可追寻"。

【简评】

全诗具有深深的禅意，一气呵成且没有打磨的痕迹。

（二十九）万木无声待雨来 [1]

热风 [2] 吹忽定，作势雨 [3] 将来。

万木声俱噤 [4]，千山 [5] 气已催。

乍冥当午日 [6]，遥走隔江雷 [7]。

郁郁 [8] 天如墨 [9]，阴阴 [10] 地不埃。

高空 [11] 倒河海 [12]，枯 [13] 影逼楼台 [14]。

意挟蛟虬怒 [15]，机先鸟雀 [16] 猜。

安排 [17] 涛泻盖 [18]，仿佛战衔枚 [19]。

及到炎歊 [20] 洗，清音 [21] 亦快哉 [22]！

万木无声待雨来

【注释】

1. 万木无声待雨来：查慎行《五月二十六日喜雨》"一轩傍水看云起，万木无风待雨来"。编者按：万木无声待雨来，未见出处。查诗中一字有别。

2. 热风：王毂《杂曲歌辞·苦热行》"何当一夕金风发，为我扫却天下热"。

3. 作势雨：僧无可《送杜司马再游蜀中》"日光低峡口，雨势出蛾眉"。《晋书·王敦传》"帝遣中军司马曹浑等击含于越城，含军败，敦闻，怒曰：我兄老婢耳，门户衰矣！兄弟才兼文武者，世将、处季皆早死，今世事去矣。语参军吕宝曰：我当力行。因作势而起，困乏复卧"。

4. 声……噤：苏辙《河冰》"河声噤不喧，灯花结复坠"。王恽《苦热叹》"吟风树叶噤，塌翮林鸟坠。"《说文》：噤，口闭也。

5. 千山：刘湾《对雨愁闷，寄钱大郎中》"九陌成泥海，千山尽湿云"。

6. 冥当午日：秦观《淮海集钞》"乡国秋行暮，房栊日已溟"。苏舜钦《夏意》"树阴满地日当午，梦觉流莺时一声"。

7. 走……江雷：杜甫《送樊二十三侍御赴汉中判官》"冰雪净聪明，雷霆走精锐"。曹松《夏云》"欲结暑宵雨，先闻江上雷"。

8. 郁郁：谢朓《咏铜雀台》"郁郁西陵树，讵闻歌吹声"。

9. 天如墨：皮日休《吴中苦雨因书一百韵寄鲁望》"一刷半天墨，架为攲危屋"。张耒《绝句九首》"深闭衡门且无出，湿云如墨怒江号"。

10. 阴阴：杜甫《题省中院壁》"掖垣竹埤梧十寻，洞门对霤常阴阴"。

11. 高空：文天祥《发陵州》"一雁入高空，千鸦落平田"。

12. 倒河海：陆游《夜宿阳山矶》"五更颠风吹急雨，倒海翻江洗残暑"。苏颋《侍安乐公主山庄应制》"当轩半落天河水，绕径全低月树枝"。

13. 枯：杜甫《乾元中寓居同谷县，作歌七首》"四山多风溪水急，寒雨飒飒枯树湿"。

14. 楼台：张耒《二月望日湖上值风》"莺花世界如春梦，烟雨楼台似画图"。

15. 蛟虬怒：孟郊《峡哀》"石剑相劈斫，石波怒蛟虬"。陶宗仪《题风雨归庄图》"黑雨横天江漠漠，馋蛟怒吼惊涛作"。

16. 鸟雀：储光羲《使过弹筝峡作》"鸟雀知天雪，群飞复群鸣"。

17. 安排：谢灵运《登石门最高顶》"居常以待终，处顺故安排"。

18. 涛泻盖：隋炀帝《古松》"独发波涛响，犹横偃盖阴"。又鲍照《喜雨》"升雾浃地维，倾润泻天潢"。

19. 战衔枚：《周礼·夏官·大司马》"群司马振铎，车徒皆作，遂鼓行，徒衔枚而进"。编者按：枚，如箸，衔之以止喧也。又欧阳修《礼部贡院阅进士就试》"无哗战士衔枚勇，下笔春蚕食叶声"。

20. 炎歊：欧阳修《答原父》"炎歊郁然蒸，午景炽方焰"。

21. 清音：文同《子骏运使八咏堂柏轩》"清音纳窗户，爽气逼席枕"。

22. 快哉：宋玉《风赋》"王乃披襟而当之曰：快哉此风，寡人所与庶人共者邪"。

【简评】

喷鸣叱咤，力拔山兮。

（三十）江边问鹤楼 [1]

送尔武昌 [2] 游，曾知胜迹 [3] 不？
好停江上棹，先问古时楼 [4]。
地与晴川 [5] 对，帆从鄂渚 [6] 收。
酒香 [7] 人午到，仙去鹤应 [8] 留。
指点 [9] 烟中郭 [10]，徘徊笛里秋 [11]。
应声千雁语 [12]，招手 [13] 万渔舟 [14]。
风月无边 [15] 处，笙歌 [16] 最上头 [17]。
青莲犹搁笔 [18]，有句莫轻投。

江边问鹤楼

【注释】

1. 江边问鹤楼：孟浩然《送元公之鄂渚，寻观主张骖鸾》"岘首辞蛟浦，江中问鹤楼"。

2. 送尔武昌：李白《送储邕之武昌》"黄鹤西楼月，长江万里情。春风三十度，空忆武昌城。送尔难为别，衔杯惜未倾"。《一统志》"湖广武昌府，楚熊渠封其子红为鄂王，始名鄂。吴置武昌郡，隋置鄂州，元改武昌路，明改武昌府"。

3. 胜迹：孟浩然《与诸子登岘山》"江山留胜迹，我辈复登临"。

4. 古时楼：白居易《卢侍御与崔评事为予于黄鹤楼置宴，宴罢同望》"江边黄鹤古时楼，劳置华筵待我游"。

5. 晴川：崔颢《黄鹤楼》"晴川历历汉阳树，芳草萋萋鹦鹉洲"。编者按：今汉阳府治有晴川楼对黄鹤楼。

6. 鄂渚：《楚辞·九章·涉江》"乘鄂渚而反顾兮"。编者按：楚子熊渠，封中子红于鄂。鄂州，武昌县地是也。隋以鄂渚为名。

7. 酒香：《报思录》"鄂州辛氏市酒黄鹄山头"。详前《江边黄鹤古时楼》注。欧阳修《浣溪沙》"青杏园林煮酒香，佳人初著薄罗裳"。

8. 仙去鹤应：见前《江边黄鹤古时楼》注。又崔颢《黄鹤楼》"昔人已乘黄鹤去，此地空余黄鹤楼"。

9. 指点：秦观《游龙门山次程公韵》"楼台特起喧卑外，村落随生指点中"。

10. 烟……郭：韩偓《寄隐者》"烟郭云扃路不遥，怀贤犹恨太迢迢"。

11. 笛……秋：李白《与史郎中钦听黄鹤楼吹笛》"黄鹤楼中吹玉笛，江城五月落梅花"。又赵师秀《简同行翁灵舒》"禽多雪色，野笛起秋声"。

12. 千雁语：李益《扬州早雁》"江上三千雁，年年过故宫"。又萨都剌《过高邮射阳湖》"飘萧树梢风，淅沥湖上雨。不见打鱼人，菰满雁相语"。

13. 招手：朱橚《二诗寄德粲并简内观诸友》"隔水不容招手唤，曲窗已有画眉人"。

14. 渔舟：徐祯卿《题米襄阳山水图》"昔上黄鹤楼，西望襄阳堤。襄阳草树淡于染，清猿落日令人迷……楚山沉沉烟雾高，淋漓七泽翻波涛。渔舟贾舶人点缀，竹林枫树悬江皋"。

15. 风月无边：朱熹《周文公赞》"风月无边，庭草交翠"。

16. 笙歌：许浑《早秋寄刘尚书》"昨夜雨凉今夜月，笙歌应醉最高楼"。

17. 最上头：卢思道《日出东南隅行》"会待东方骑，遥居最上头"。

18. 青莲……搁笔：《成都古今记》：李白生于彰明之青莲乡，因此自号青莲居士。《魏书·王粲传》注：《典略》曰：粲既才高，辩论应机，钟繇、王朗虽各为卿相，至于朝廷奏议，皆搁笔不能措手。编者按：《李白文集·醉后答丁十八》诗注：杨升庵曰：李白过武昌，见崔颢《黄鹤楼》诗，叹服之，不复作。去而赋《金陵凤凰台》。其后，视僧用此事作一偈曰：一拳捶碎黄鹤楼，一脚踢倒鹦鹉洲。眼前有景道不得，崔颢题诗在上头。非太白诗也。流传之久，信以为真。

【简评】

写一笔中藏数笔，思深而力厚。

（三十一）漏声遥在百花中 [1]

春花绕汉宫 [2]，宫在百花中。

晓漏迟迟 [3] 待 [4]，遥声曲曲通 [5]。

仗才分左右 [6]，听 [7] 乍入丁东 [8]。

箭激应流白，莲 [9] 开想映红。

滴 [10] 疑兼宿露 [11]，出 [12] 即带香风 [13]。

晷刻 [14] 猜珠点 [15]，楼台 [16] 隔锦丛 [17]。

九重天 [18] 缥缈，一万树 [19] 玲珑 [20]。

钟动 [21] 金闾 [22] 启，炉烟满袖 [23] 融。

漏声遥在百花中

【注释】

1. 漏声遥在百花中：皇甫曾《早朝日寄所知》"曙色渐分双阙下，漏声遥在百花中"。

2. 汉宫：刘长卿《和杜相公移宅》"窗闻汉宫漏，家识杜陵原"。编者按：《一统志》：陕西西安府宫室，唐未央宫、长乐宫，俱汉高帝建；建章宫，汉武帝建。

3. 迟迟：刘邺《待漏院吟》"玉堂帘外独迟迟，明月初沉勘契时"。

4. 晓漏……待：杜审言《夜宴临津郑明府宅》"露白宵钟彻，风清晓漏闻"。又李肇《国史补》"旧百官早朝，必立马于望仙建福门外，宰相于光宅车坊，以避风雨。元和初，始制待漏院"。

5. 曲曲通：张和《度岭》"叠陂盘盘上，溪流曲曲通"。

6. 仗……左右："仗"：《正字通》"殿下兵卫曰仗"。又《隋书·百官志》"左右卫大将军各一人，掌督率仗衡"。

7. 听：姚合《相令狐六员外夜直即事》"皓月满帘听玉漏，紫泥盈手发天书"。

8. 丁东：《诗缉》"东即当也，丁当佩声，或谓丁东"。《康熙字典》"当、东二音古通"。又温庭筠《织锦词》"丁东细漏侵琼瑟，影转高梧月初出"。

9. 莲：李肇《国史补》"越僧灵澈得莲花漏于庐山，传江西观察使韦丹。初，惠远以山中不知更漏，乃取铜叶制器，状如莲花，置盆水之上，底孔漏水，半之则沉，每昼夜十二沉，为行道之节。虽冬夏短长，云阴月黑，亦无差也"。又《莲社十八高贤传·惠远法师》条"释惠安患山中无刻漏，乃于水上立十二叶芙蓉，因波随转，分定昼夜，以为行道之节，谓之莲花漏。"编者按：李肇以漏为惠远作，《高贤传》以为惠安。安，远公弟子也。未详孰是。所言漏法亦不同，因并存之。

10. 滴：薛逢《宫词》"锁衔金兽连环冷，水滴铜龙昼漏长。"又王禹偁《待漏院记》"金门未辟，玉漏犹滴"。

11. 宿露：唐太宗《咏雨》"新流添旧涧，宿露足朝烟"。

12. 出：杨巨源《春日奉献皇寿无疆》"炉烟添柳重，宫漏出花迟"。

13. 带香风：《宋书·乐志》"阳春白日风花香，趋步明月舞瑶瑸"。又白居易《中秋月夜》"夜半归来月正中，满身香带桂花风"。

14. 晷刻：《梁书·贺琛传》"每见高祖与语，常移晷刻，故省中语曰：上殿不下有贺雅，琛容止都雅，故时人呼之"。又《韵会》"晷日景之差度也，锲漏箭以候日晷，故谓晷度日刻"。

15. 珠点：毛滂《何满子》"急雨初收珠点，云峰巉绝天半"。

16. 楼台：韩偓《中秋禁直》"天衬楼台笼苑外，风吹歌管下云端"。

17. 锦丛：方回《惜砚中花》"花担移来锦绣丛，小窗瓶水浸春风"。

18. 九重天：《楚辞·天问》"闻则九重，孰营度之"。王逸按：言天圜而九重，谁营度而知之乎？又《九辩》"岂不郁陶而思君兮，君之门以九重"。又韩愈《左迁至蓝关示侄孙湘》"一封朝奏九重天，夕贬潮阳路八千"。

19. 一万树：窦叔同《春日早朝应制》"宫花一万树，不敢举头看"。

20. 玲珑：徐玑《冬日书怀》"闲庭黄叶满，园树尽玲珑"。

21. 钟动：张叔良《长至日上公献寿》"凤阙晴钟动，鸡人晓漏长"。

22. 金阊：汤珍《元夕二首》"吴趋西去接金阊，烂熳灯球月让光"。

23. 炉烟满袖：贾至《早朝大明宫呈两省僚友诗》"剑佩声随玉墀步，衣冠身惹御炉香"。杜甫《和贾舍人早朝大明宫》"朝罢香烟携满袖，诗成珠玉在挥毫"。

【简评】

"遥在中"三字之神跃然纸上，具有双倍之力量。

（三十二）水深鱼极乐 [1]

极乐群鱼国 [2]，恩波 [3] 此最深。

化机 [4] 相与适，高浪 [5] 不能侵。

戏藻 [6] 骈头 [7] 出，争花 [8] 逐队 [9] 沉。

汪洋 [10] 天地德 [11]，嘘呴 [12] 子孙 [13] 心。

彻底 [14] 春如海 [15]，游空 [16] 夜有音。

人间几濠濮 [17]，鸟外一山林 [18]。

得所 [19] 无贪饵 [20]，移情 [21] 偶听琴 [22]。

谅应知 [23] 者少，鸥梦 [24] 许同寻。

水深鱼极乐

【注释】

1. 水深鱼极乐：出自杜甫《秋野五首》"易识浮生理，难教一物违。水深鱼极乐，林茂鸟知归"。

2. 鱼国：《淮南子》"咸池者，水鱼之国"。又司空曙《送夔州班使君》"鱼国巴庸路，麾幢汉守过"。

3. 恩波：丘迟《侍宴乐游苑送张徐州应诏》"参差别念举，肃穆恩波被"。又刘驾《长门怨》"御泉长绕凤皇楼，只是恩波别处流"。

4. 化机：吴均《步虚词》"二气播万有，化机无停轮"。

5. 高浪：杜甫《龙门阁》"长风驾高浪，浩浩自太古"。

6. 戏藻：苏颋《奉和崔尚书赠大理陆卿鸿胪刘卿见示之作》"戏藻嘉鱼乐，栖梧见凤飞"。

7. 骈头：《易·剥卦》"贯鱼，以宫人，宠，无不利"。编者按：贯鱼，谓众坠也，骈头相次，似鱼贯也。韩琦《观鱼轩》"时看隐荇骈头戏，忽见开萍作队游"。

8. 争花：韦庄《李氏小池亭十二韵（时在婺州寄居作）》"花落鱼争咂，樱红鸟竞鹐"。

9. 逐队：白居易《答山侣》"冒热冲寒徒自取，随行逐队欲何为"。又陆龟蒙《江南秋怀寄华阳山人》"鸟行沉莽碧，鱼队破泓澄"。

10. 汪洋：朱熹《白鹿洞书院》"荒榛适剪除，圣谟已汪洋"。

编者按：圣谟，犹圣旨。

11. 天地德：《易·系辞下传》"天地之大德曰生"。

12. 嘘呴：《前汉书·王褒传》"呴嘘呼吸如乔松"。编者按：呴嘘，皆开口出气也。《广韵》"呴，吐沫"。又《庄子·天运》"鱼相呴以湿"。

13. 子孙：韩愈《祭鳄鱼文》"以肥其身，以种其子孙"。

14. 彻底：张九龄《登临沮楼》"潭清能彻底，鱼乐好跳波"。

15. 春如海：杨子器《早朝》"太平无事春如海，天保歌长乐未休"。

16. 游空：王维《纳凉》"涟漪含白沙，素鲔如游空"。

17. 濠濮：刘义庆《世说》"简文帝入华林园，顾谓左右曰：会心处不必在远，翳然林木，便自有濠濮间想也。观鸟兽禽鱼，日来亲人"。编者按：庄子与惠子游于濠梁。见后"知"注。

18. 鸟⋯⋯山林：杜甫《秋野五首》"水深鱼极乐，林茂鸟知归"。又欧阳修《醉翁亭记》"然而禽鸟知山林之乐"。

19. 得所：《孟子》"得其所哉"。

20. 贪饵：《吕氏春秋》"善钓者，引鱼于千仞之下，饵香也"。又《晋书·翟汤传》"汤子庄，字祖休，语不及俗，惟以弋钓为事。及长，不复猎。或问渔猎同是取物之事，而先生止去其一，何哉？庄曰：猎自我，钓自物，未能顿尽，故先节其甚者，且夫贪饵吞钩岂我哉？时人以为智言。"

21. 移情：《乐府古题要解》"伯牙学琴于成连先生，成连曰：吾师子春在海上，能移人情"。

22. 听琴：韩婴《诗外传》"伯牙鼓琴而游鱼出听"。又江总《琴》"戏鹤闻应舞，游鱼听不沉"。

23. 知：《庄子·秋水》"庄子与惠子游于濠梁之上。庄子曰：鲦鱼出游从容，是鱼乐也。惠子曰：子非鱼，安知鱼之乐？庄子曰：子非我，安知我不知鱼之乐？"

24. 鸥梦：陈慥《凌晨复有惠急笔次韵》"等闲莫学金华伯，碧水如天拟梦鸥"。编者按：《禽经》张华注，"鸥，水鸟"。

【简评】

精思妙谛岂是人间得来，道家之道，法于天地。

（三十三）对竹思鹤 [1]

梅宜邀月 [2] 到，松亦盼云还 [3]。

偶尔对修竹 [4]，因之思羽仙 [5]。

尽饶声瑟瑟 [6]，只少韵翩翩 [7]。

远目琴 [8] 边注 [9]，秋心杖 [10] 外悬 [11]。

便应成逸友 [12]，难致似高贤 [13]。

密 [14] 未梳翎 [15] 碍，清 [16] 须扫径 [17] 延。

情移 [18] 三岛 [19] 路，坐冷一亭 [20] 烟 [21]。

夜半元裳梦 [22]，相逢定蹁然 [23]。

对竹思鹤

【注释】

1. 对竹思鹤：《能改斋漫录》"钱文僖公留守西洛尝对竹思鹤"。《寄李和文公诗》"瘦玉萧萧伊水头，风宜清夜露宜秋。更教仙骥旁边立，自是人间第一流"。

2. 梅宜……月：张镃《梅品》"花，宜称二十六条为轻烟，为佳月"。

3. 松……云还：隋炀帝《古松树诗》"云来聚云色，风度杂风音"。又张仲素《缑山鹤》"映松残雪在，度岭片云还"。

4. 修竹：东方朔《七谏》"便娟之修竹兮，寄生乎江潭"。

5. 羽仙：《尔雅》"翼鹤一名仙子，一名莲莱羽士"。又薛能《答贾支使奇鹤诗》"瑞羽奇姿跰跹形，称为仙驭过青冥"。

6. 声瑟瑟：白居易《竹窗》"绕屋声淅淅，逼人色苍苍"。又王周《碧鲜亭》"瑟瑟笼清籁，萧萧锁翠阴"。

7. 翩翩：杨基《梁园饮酒歌》"丰仪翩翩秋宇鹤，颜色濯濯春月柳"。

8. 琴：庾信《鹤赞》"相顾哀鸣，肝心断绝。松上长悲，琴中永别"。

9 远目……注：韩偓《送谢师直归马上作》"杂花被原野，南尽远目注"。

10. 杖：苏东坡《寓居定惠院之东杂花满山有海棠一株土人不知贵也》"不问人家与僧舍，拄杖敲门看修竹。"又《初

对竹思鹤

【注释】

1. 对竹思鹤：《能改斋漫录》"钱文僖公留守西洛尝对竹思鹤"。《寄李和文公诗》"瘦玉萧萧伊水头，风宜清夜露宜秋。更教仙骥旁边立，自是人间第一流"。

2. 梅宜……月：张镃《梅品》"花，宜称二十六条为轻烟，为佳月"。

3. 松……云还：隋炀帝《古松树诗》"云来聚云色，风度杂风音"。又张仲素《缑山鹤》"映松残雪在，度岭片云还"。

4. 修竹：东方朔《七谏》"便娟之修竹兮，寄生乎江潭"。

5. 羽仙：《尔雅》"翼鹤一名仙子，一名莲莱羽士"。又薛能《答贾支使寄鹤诗》"瑞羽奇姿踉跄形，称为仙驭过青冥"。

6. 声瑟瑟：白居易《竹窗》"绕屋声淅淅，逼人色苍苍"。又王周《碧鲜亭》"瑟瑟笼清籁，萧萧锁翠阴"。

7. 翩翩：杨基《梁园饮酒歌》"丰仪翩翩秋宇鹤，颜色濯濯春月柳"。

8. 琴：庾信《鹤赞》"相顾哀鸣，肝心断绝。松上长悲，琴中永别"。

9. 远目……注：韩偓《送谢师直归马上作》"杂花被原野，南尽远目注"。

10. 杖：苏东坡《寓居定惠院之东杂花满山有海棠一株土人不知贵也》"不问人家与僧舍，柱杖敲门看修竹。"又《初入庐山》"芒鞋青竹杖，自挂百钱游"。

11. 秋心……悬：张耒《夏日十二首》"庭除连夜色，砧杵发心悬。" 又翁承瓒《奉使封王，次宜春驿》"云断自宜乡树出，月高犹伴客心悬"。

12. 逸友：《北史·韦夐传》"夐志尚夷简，所居之宅枕带林泉。特与族人处元及安定人梁旷当放逸之友"。

13. 高贤：《晋书·嵇康传》"康远迈不群，所与神交者惟陈留阮籍、河内山涛。预其流者河内向秀、沛国刘伶、籍兄子咸、琅邪王戎，遂为竹林之游，世所谓竹林七贤也"。又《后汉书·礼乐志》"高贤愉愉民所怀"。

14. 密：梅尧臣《细竹》"朝烟生密翠，晚影漏斜明"。

15. 梳翎：朱静庵《双鹤赋》"若夫春雨初晴，花阴满庭，临风振羽，向日梳翎"。

16. 清：苏东坡《放鹤亭记》"其为物清远，间放超然于尘垢之外"。

17. 扫径：岑参《南溪别业》"竹径春来扫"。

18. 情移：刘孝威《拟古应教》"谁家妖冶折花枝，峨眉漫睇使情移"。

19. 三岛：李绅《忆放鹤》"闲整素仪三岛近，迥飘清唳九霄闻"。

20. 一亭：白居易《和杨尚书罢相后夏日游泳安水亭兼招本曹杨侍郎同行》"竹亭阴合偏宜夏，水槛凉风不待秋"。又曾巩《静安幽谷亭》"况云此中居，一亭众峰环"。

21. 冷……烟：杜甫《闻斛斯六官未归》"荆扉生蔓草，土锉冷疏烟"。

22. 夜半元裳梦：苏东坡《赤壁赋》"时夜将半，四顾寂寥。适有孤鹤，横江东来。翅如车轮，玄裳缟衣，戛然长鸣，掠予舟而西也"。

23. 辙然：《庄子·达生篇》"桓公辙然而笑"。

【简评】

鹤与竹，文化意义相通，产生联想是临流思源。然则源头更在头之上。行到水穷处，坐看云起时。

（三十四）山木尽亚洪涛风 [1]

不见涛飞处，涛飞满眼中。

天低 [2] 两岸 [3] 木，秋亚一帆 [4] 风。

落日 [5] 摇千影，奔云 [6] 截半空。

水声 [7] 翻在上，山势欲倾东 [8]。

趁舵如归马 [9]，惊枝有断鸿 [10]。

高波喧乱叶 [11]，众绿 [12] 压孤蓬 [13]。

蜿地 [14] 轻怜柳，回头冷逼枫 [15]。

置身图画里，奇景惜匆匆 [16]。

山木尽亚洪涛风

【注释】

1. 山木尽亚洪涛风：出自杜甫《题王宰画山水图歌》"舟人渔子入浦溆，山木尽亚洪涛风"。

2. 天低：孟浩然《宿建德江》"野旷天低树，江清月近人"。

3. 两岸：李白《次北固山下》"潮平两岸阔，风正一帆悬"。

4. 一帆：见"两岸"注。

5. 落日：杜甫《陪请贵公子丈八沟携妓纳凉晚际遇雨二首》，"落日放船好，轻风生浪迟"。

6. 奔云：李商隐《画松》"又如惊螭走，默与奔云连"。

7. 水声：江总《侍宴赋得起坐弹鸣琴诗》"罕有知音者，空劳流水声"。

8. 倾东：范成大《吴船录》"上清宫在最高峰之巅，岷山数百里悉在栏槛之下，如翠浪怒沸，有皆欲东倾之势"。

9. 归马：苏东坡《题云龙山放鹤亭》"一色杏花红十里，状元归去马如飞"。

10. 断鸿：李峤《送光禄刘主簿之洛》"背枥嘶班马，分州叫断鸿"。

11. 乱叶：苏东坡《道者院池上作》"清风乱荷叶，细雨出鱼儿"。

12. 众绿：韦应物《始除尚书郎，别善福精舍》"远峰明夕川，夏雨生众绿"。

13. **孤蓬**：李白《送友人》"此地一为别，孤蓬万里征"。

14. **踠地**：庾信《杨柳歌》"河边杨柳百丈枝，别有长条踠地垂"。

15. **冷逼枫**：崔信明《句》"枫落吴江冷，葵花夜月明"。

16. **匆匆**：王安石《奉寄子思以代别》"趋府折腰嗟踽踽，听泉分手借匆匆"。

【简评】

精辟之思与雄骏之气相间而发，直逼洪涛。

（三十五）春风语流莺 [1]

春语致绸缪 [2]，春心托栗留 [3]。

风光三月好 [4]，声影 [5] 一时流。

解向花花 [6] 得，听 [7] 难絮絮 [8] 休。

剪刀 [9] 谁与舌 [10]？珠玉合为喉 [11]。

气暖 [12] 机俱畅 [13]，身轻 [14] 韵 [15] 亦柔。

聪明 [16] 偏带绮 [17]，欢喜 [18] 不言秋。

吉报 [19] 疑天上 [20]，闲情 [21] 每陌头 [22]。

谁家小儿女，妮妮 [23] 暗相酬。

1. 春风语流莺：出自李白《春日醉起言志》"借问此何时？春风语流莺"。

2. 绸缪：范成大《枕上六言》"一老绸缪牖户，几人颠倒衣裳"。

3. 栗留：《诗经·周南·葛覃》陆玑注"黄鸟于飞：黄鸟，黄鹂留也；或谓之黄栗留……当甚熟时，来在桑间"。

4. 风光三月好：冷朝阳《立春》"风光行处好，云物望中新"。又袁晖《二月闺情》"二月韶光好，春风香气多"。

春风语流莺

5. 声影：鲍溶《秋怀》"游子声影中，涕泪念离析"。

6. 解……花花：秦不华《赋得上林莺》"明朝空解语，人去
   落花深"。又陆游《斋中自遣》"花如解语应多事，石不能
   言最可人"。

7. 听：韦应物《听莺曲》"东方欲曙花冥冥，啼莺相唤亦可听"。

8. 絮絮：富弼和韩琦并相时，偶有一事，富弼迟疑不断，韩
   琦对他讲：公又絮絮也。富弼脸都变了，回应道：你这是
   什么话？

9. 剪刀：贺知章《咏柳》"不知细叶谁裁出，二月春风似剪刀"。

10. 舌：李煜《秋莺》"老舌百般倾耳听，新簧一点入烟流"。

11. 珠玉……喉：陈樵《临花亭》"歌喉一串莺流出，花影数
    重风揭开"。又王恽《雨中与诸公会饮市楼》"胡旋舞低
    翻翠袖，串珠喉稳怯春寒"。

12. 气暖：刘方平《月夜》"今夜偏知春气暖，虫声新透绿
    纱窗"。

13. 机……畅：陆云《散骑常侍陆府君》"恺悌弘裕，惠化是
    振。潜机密畅，靡幽不甄"。

14. 身轻：李商隐《蜂》"宓妃腰细才胜露，赵后身轻欲倚风"。

15. 韵：李峤《莺》"声分折杨吹，娇韵落梅风"。

16. 聪明：祢衡《鹦鹉赋》"性辩慧而能言兮，才聪明以
    识机"。

17. 绮：苏东坡《海市》"新诗绮语亦安用，相与变灭随东风"。

18. 欢喜：《禽经》"莺以喜啭鸟悲啼"。《要览俭素》"欢喜能引少欲，乐积集梵行。欢喜能引远行乐"。

19. 吉报：陆扆《禁林闻晓莺》"报花开瑞锦，催柳绽黄金"。又《开元遗事》"时人之家闻鹊声皆为喜兆，故谓灵鹊报喜"。

20. 天上：吴激《春从天上来》"促哀弹，似林莺呖呖，山溜泠泠"。

21. 闲情：柳永《夏景》"闲情悄，绮陌游人渐少"。

22. 陌头：韦应物《听莺曲》"乍去乍来时近远，才闻南陌又东城"。又王昌龄《闺怨》"忽见陌头杨柳色，悔教夫婿觅封侯"。

23. 小儿女……妮妮：杜甫《月夜》"遥怜小儿女，未解忆长安"。又韩愈《听颖师弹琴》"妮妮儿女语，恩怨相尔汝"。

【简评】

是"语"而不是"声"。作诗之要，审题第一。莺语窃窃，只缘心声。

（三十六）三月春阴正养花 [1]

雨恐花光 [2] 㿽 [3]，晴防花气 [4] 侵。

养兹三月景，借与二分阴 [5]。

莺燕蕾腾 [6] 老 [7]，楼台 [8] 酝酿 [9] 深。

地无惊梦 [10] 影，天有展春 [11] 心。

宿露 [12] 常留树，低云 [13] 总傍林。

水含情脉脉 [14]，香晕昼沉沉 [15]。

不碍 [16] 微风拂，能添几日吟。

御园 [17] 多美荫 [18]，游赏洽宸襟 [19]。

三月春阴正养花

【注释】

1. 三月春阴正养花：欧阳修《三日赴宴口占》"九门寒食多游骑，三月春阴正养花"。

2. 花光：陈后主《落花诗》"映日花光动，迎风香气来"。

3. 殢：《玉篇》"极困也"。

4. 花气：萨都剌《游湖》"一镜湖光开晓日，万家花气涨晴天"。

5. 借……二分阴：杨基《春日山西寄王允原知司（五首·并序）》"十里烟光湿翠苔，二分春色到花朝"。又陆游《花时遍游诸家园》"绿章夜奏通明殿，乞藉春阴护海棠"。

6. 薲腾：陆游《纵笔》"年光已付薲腾醉，天宇谁从汗漫游"。

7. 莺燕……老：李贺《河南府试十二月乐词》"蒲如交剑风如薰，劳劳莺燕怨醑春"。又徐熥《寄舍弟诗》"寄语莺声休便老，天涯犹有未归人"。

8. 楼台：苏轼《春夜》"春宵一刻值千金，花有清香月有阴。歌管楼台声细细，秋千院落夜沉沉"。

9. 酝酿：《淮南子》"斟酌万殊，旁薄众宜，以相呕附酝酿而成育众生"。

10. 惊梦：刘允济《怨情》"虚牖风惊梦，空床月厌人"。又陈樵《海棠赋》"何兹花之绝俗兮，甘与蝴蝶而同梦"。

11. 展春：唐太宗诗"今年通闰月，入夏展春晖"。

12. 宿露：唐太宗《咏雨》"新流添旧涧，宿露足朝烟"。

13. 低云：庾信《同颜大夫初晴》"湿花飞未远，阴云敛向低"。

14. 水……情脉脉：佚名《迢迢牵牛星》"盈盈一水间，脉脉不得语"。又温庭筠《向晚》"花情羞脉脉，柳意怅微微"。

15. 昼沉沉：王鏊《夏日应制》"水晶宫殿昼沉沉，别院春归碧树深"。

16. 不碍：《列子》"云雾不碍其视，雷霆不乱其听"。

17. 御园：李绅《忆春日曲江宴后许至芙蓉园》"春风上苑开桃李，诏许看花入御园"。

18. 美荫：《庄子·山木》"睹一蝉方得美荫而忘其身"。

19. 游……宸襟：苏颋《奉和春日幸望春宫应制》"宸游对此欢无极，鸟弄歌声杂管弦"。又何逊《九日侍宴乐游苑》"宸襟动时豫，岁序属凉氛"。

【简评】

不将春心养花雨，更向美景播春晖。为政之道，凝集人心是第一要务。

（三十七）春水桃花满禊潭 [1]

春在曲江曲 [2]，花开三月三 [3]。

天将修雅禊 [4]，水正满晴潭 [5]。

绿 [6] 浸山横侧 [7]，红 [8] 迷舍北南 [9]。

无风偏欲浪 [10]，不酒亦能酣 [11]。

絮影 [12] 双桥 [13] 活，衣香 [14] 一镜涵 [15]。

渡如迎 [16] 客去，情岂送 [17] 人堪。

丽节休教负，仙源 [18] 偿许探。

兰亭 [19] 图画 [20] 里，几辈叙清谈。

春水桃花满禊潭

【注释】

1. 春水桃花满禊潭：张说《三月三日定昆池奉和萧令得潭字韵》"暮春三月日重三，春水桃花满禊潭"。

2. 曲江曲：《一统志》"曲江在陕西西安府城东南十里，汉武帝所凿。其水曲折似嘉陵江，因名。唐开元中疏凿为胜境，都人游赏盛于中和节"。又白居易《送春归》"去年杏园花飞御沟绿，何处送春曲江曲"。

3. 三月三：见注 1。又马瑧《西湖春日壮游即事》"东家年少贪游冶，正直明朝三月三"。

4. 修……禊：源于周代的一种古老习俗，即农历三月上旬
   "巳日"这一天（魏以后始固定为三月三日），到水边嬉
   游，以消除不祥，叫作"修禊"。

5. 晴潭：齐高帝《塞客吟》"干晴潭而怅泗，枻松洲而悼情"。

6. 绿：江淹《别赋》"春草碧色，春水绿波"。

7. 山横侧：苏东坡《题西林壁》"横看成岭侧成峰，远近高
   低各不同"。

8. 红：韩愈《桃源图》"种桃处处惟开花，川原远近蒸红霞。"
   又李贺《将进酒》"况是青春日将暮，桃花乱落如红雨"。

9. 舍北南：杜甫《客至》"舍南舍北皆春水，但见群鸥日日来"。

10. 浪：杜甫《春水》"三月桃花浪，江流复旧痕"。

11. 酒……酣：庄棫《金陵怀古》"但相思、弄笛桓伊，一江
    春水如酒"。又王瀛《西湖舟中》"荇丝牵浪舟偏滑，花
    气熏人酒易酣"。

12. 絮影：白居易《三月三祓禊洛滨》"柳桥晴有絮，沙路润
    无泥"。又张宪《留别赛景初》"万点愁心飞絮影，五更
    残梦卖花声"。

13. 双桥：李白《秋登宣城谢朓北楼》"两水夹明镜，双桥落
    彩虹"。

14. 衣香：庾信《春赋》"池中水影还胜镜，屋里衣香不如
    花"。又《咏画屏风》"管声惊百鸟，人衣香一园"。

15. 一镜涵：陆游《初夏郊行》"破云山踊千螺翠，经雨波涵一镜秋"。

16. 渡……迎：《一统志》"桃叶渡在秦淮口，晋王献之爱妾名桃叶，其妹曰桃根，献之常临此作歌以送之。其诗曰：桃叶复桃叶，渡江不用楫。但渡无所苦，我自来迎接。后人因以名渡"。

17. 情……送：李白《赠汪伦》"李白乘舟将欲行，忽闻岸上踏歌声。桃花潭水深千尺，不及汪伦送我情"。

18. 仙源：王维《桃源行》"春来遍是桃花水，不辨仙源何处寻"。

19. 兰亭：《一统志》"在浙江绍兴府山阴县西南二十五里。晋王羲之与诸贤会处，有《兰亭集序》，序云：永和九年，岁在癸丑，暮春之初，会于会稽山阴之兰亭，修禊事也"。

20. 图画：张泌《春日旅泊桂州》"溪边物色宜图画，林伴莺声似管弦"。

【简评】

情怀跌宕，情韵相和。仙骨人意远，兰亭思若何？

（三十八）千门万户皆春声 [1]

门户不知名，唐宫处处莺 [2]。

风调三五翼 [3]，春化万千声。

隐隐 [4] 开金钥 [5]，迟迟 [6] 啭玉笙 [7]。

天疑增骀荡 [8]，调总叶清平 [9]。

听到重云 [10] 里，浑如 [11] 一气 [12] 成。

唤红呼紫 [13] 意，长乐未央 [14] 情。

雅奏 [15] 先迎仗 [16]，余音尚满城。

由来上林 [17] 树，报主 [18] 在和鸣 [19]。

千门万户皆春声

【注释】

1. 千门万户皆春声：出自李白《侍从宜春苑奉诏赋龙池柳色初青听新莺百啭歌》"春风卷入碧云去，千门万户皆春声"。
2. 处处莺：《本草纲目》"莺处处有之，大如鸲鹆，雄雌双飞"。
3. 调……翼：郑缙《咏黄莺儿》"欲转声犹涩，将飞羽未调"。
4. 隐隐：石珝《早朝追和鲍老韵》"奏罢从容过东观，五云隐隐听笙箫"。
5. 金钥：杜甫《春宿左省》"不寝听金钥，因风想玉珂"。
6. 迟迟：关尹子《文始真经》"人之善琴者……有思心，则声迟迟然"。
7. 啭玉笙："啭"见注1。"笙"，秦少游《如梦令》"指冷玉笙寒，吹彻小梅春透"。
8. 骀荡：《正字通》"春色舒放曰骀荡"。编者按：汉有骀荡宫，言春时景物骀荡满宫中也。出《三辅故事》。
9. 调……清平：郭茂倩《乐府松窗录》"开元中，禁中木芍药花方繁开，帝与妃子游，命李白作清平调词三章"。编者按：周房中药有清平调。
10. 重云：云见注1。又韩愈《重云李观疾赠之》"重云闭白日，炎燠成寒凉"。又张先《泛清苕》词"飞槛倚，斗牛近，响箫鼓，远破重云"。
11. 浑如：杜甫《即事》"雷声忽送千峰雨，花气浑如百和香"。

12. 一气：杜甫《同诸公登慈恩寺塔》"俯视但一气，焉能辨皇州"。

13. 红……紫：朱熹《春日》"等闲识得东风面，万紫千红总是春"。

14. 长乐未央：《一统志》：长乐宫在西安府城西北十八里，未央宫在西安府城西北十四里，俱汉高帝建。

15. 雅奏：陆云《代新及第谢启》"陈雅奏于文弦"。

16. 仗：殿下兵卫也。夫子黄仗。高棅《拟奉和早朝大明宫之作》"月隐禁城双阙迥，云迎仙仗九重开"。

17. 上林：李白《侍从宜春苑奉诏赋龙池柳色初青听新莺百啭歌》"新莺飞绕上林苑，愿入箫韶杂凤笙"。《一统志》"上林苑在西安府城内，本秦苑，汉武开广之，周数百里"。

18. 报主：韩愈《与于襄阳书》"志存乎立功，事专乎报主"。

19. 和鸣：韩愈《送孟东野序》"三子者之鸣信善矣，抑不知天将和其声而使鸣国家之盛邪"。

【简评】

莺声耶？春声耶？莫衷一辨，最是和鸣。

（三十九）孝弟为人瑞[1]

孝友唐书赞，清修[2]品最醇。

贤为王者瑞[3]，德是古之人[4]。

笃善流家庆[5]，储英[6]列席珍[7]。

庭阶[8]和顺气[9]，子弟[10]吉祥[11]身。

色养[12]温温玉[13]，肩随[14]步步[15]春。

特科[16]先国士[17]，奇福[18]在天伦[19]。

才可毛夸凤[20]，生应趾颂麟[21]。

熙时[22]崇本务[23]，俗化[24]太平仁。

【注释】

1. 孝弟为人瑞：《唐书·孝行卷》赞曰"麒麟凤凰，飞走之类，唯孝与弟，亦为人瑞也"。
2. 清修：《后汉书·陈矫传》"清修疾恶，有识有义，吾敬赵元达"。
3. 王者瑞：杜甫《凤凰台》"所重王者瑞，敢辞微命休"。
4. 古之人：《书·立政》"古之人迪惟有夏"。
5. 笃善……家庆：《诗经·大雅》"则笃其庆"。又《周易·坤

孝弟为人瑞

卦》"积善之家，必有余庆"。

6. 储英：金厚载《和座主》"长庆会储间世英"。

7. 席珍：《礼记·儒行》"席珍莫负斯文重，他日苏湖在淦川"。

8. 庭阶：《晋书·谢元传》"少颖悟，与从兄朗俱为叔父安所器重。安尝戒约诸子曰：子弟亦何预人？事而正欲其佳。诸人莫有言者。元曰：譬如芝兰碧树，欲其生于庭阶尔"。

9. 和顺气：《礼乐记》"和气积中而英华发外，惟乐不可以为伪。"又《汉书·刘向传》"和顺致祥，乖气致异"。

10. 子弟：见注释8。

11. 吉祥：《汉书·礼乐志》"灵既膏，色吉祥"。

12. 色养：《荀氏家传》"荀觊年逾耳顺而母年九十，色养蒸蒸以孝闻"。又骆宾王《灵泉颂序》"色养叶于因心，敬爱宏于同类"。

13. 温温玉：《诗经·秦风·小戎》"言念君子，温其如玉"。

14. 肩随：《礼记·曲礼》"五年以长则肩随之"。

15. 步步：白居易《寻王道士药堂，因有题赠》"行行觅路缘松峤，步步寻花到杏坛"。

16. 特科：《汉书·文帝纪》"诏曰：孝弟天下之大顺也！力田为生之本也！三老众氏之师也！其置孝弟、三老、力田科常员以道民焉"。又《武帝纪》"诏曰：三老、孝弟以为民师，朕乐知其人以广宣厥道。士肖特招使者之任也"。

17. 国士：《世说新语》，李元礼与同县聂季宝小儿童一谈话，就预断此人当作国士。

18. 奇福：《文子》"从天则内无奇福、外无奇祸"。

19. 天伦：李白《春日夜宴桃李园序》"会桃李之芳园，叙天伦之乐事"。

20. 毛……凤：《宋书·谢超宗传》"超宗凤之子，有文词，殷淑仪。卒，超宗作诔奏之，帝大嗟。尝谓谢庄曰超宗殊有凤毛"。

21. 趾……麟：《诗经·周南》"麟之趾，振振公子，于嗟麟兮"。

22. 熙时：王逢《题赵善长为李原复所画山水》"酒狂忽忆雍熙时，画法荆关海岳窄"。

23. 本务：《吕氏春秋》"夫孝三皇五帝之本务而万事之纲纪也"。

24. 俗化：《汉书·东方朔传》"天下望风成俗，昭然化之"。

【简评】

重点阐明孝弟，"瑞"则轻轻带过。写法极合古义。

（四十）开径望三益[1]

一自违三益，柴门久不开[2]。

偶将幽径[3]扫，为望众贤[4]来。

下漯[5]农忙[6]过，南村[7]酒熟[8]才。

遮愁当户柳[9]，立冷上阶苔[10]。

旧雨[11]心商遍，遥云[12]目送[13]回。

如饥如渴[14]意，可友可师[15]才。

莫漫辜晨夕[16]，空教费溯洄。

翩然[17]占不速[18]，四座[19]抗言[20]陪。

开径望三益

【注释】

1. 开径望三益：出自江淹《陶征君潜田居》"素心正如此，开径望三益"。友直、友谅、友多闻是谓三益友。

2. 柴门……不开：杜甫《日暮》"牛羊下来久，各已闭柴门"。叶绍翁《游园不值》"应怜屐齿印苍苔，小扣柴扉久不开"。

3. 幽径：梅尧臣《鲁山山行》"好峰随处改，幽径独行迷"。又钱起《谷口书斋寄杨补阙》"家童扫萝径，昨与故人期"。

4. 众贤：《书·益稷》"万邦黎献，共惟帝臣，惟帝时举"。《孔传》"献，贤也。万国众贤，共为帝臣"。

5. 下潠：《陶渊明集》有《丙辰岁八月中于下潠田舍获》诗。

6. 农忙：曹伯启《子规》"催归催得谁归去，惟有东郊农事忙"。

7. 南村：陶渊明《移居》"昔欲居南村，非为卜其宅"。

8. 酒熟：陶渊明《和郭主簿》"春秫作美酒，酒熟吾自斟"。

9. 当户柳：陶渊明《五柳先生传》"先生不知何许人也。亦不详其姓字，宅边有五柳树，因以为号焉"。又袁士元《题西山傅庵》"溪头春水绕篱白，门外晓山当户青"。

10. 上阶苔：刘禹锡《陋室铭》"苔痕上阶绿，草色入帘青"。

11. 旧雨：范成大《垫江县》"旧雨云招新雨至，高田水入下田鸣"。

12. 遥云：鲍照《和王护军秋夕诗》"散漫秋云远，萧萧霜月寒"。

13. 目送：柳宗元《邕州马退山茅亭记》"手挥丝桐，目送还云。西山爽气，在我襟袖"。

14. 如饥如渴：《北史·魏高祖纪》"好贤乐善，情如饥渴"。《邑志·诸葛亮传》"总揽英雄，思贤如渴"。

15. 可友可师：宋魏公张浚试吏兴元，理掾（古代掌管狱讼的官吏）往别乡先生杨用中，曰：公尝往来梁、洋，其人士有与子游者乎？杨曰：兴元杨冲远可以为师，洋州雍退翁可以为友。

16. 晨夕：陶渊明《移居》"闻多素心人，乐与数晨夕"。

17. 翩然：苏东坡《念奴娇·中秋》"便欲乘风，翩然归去，何用骑鹏翼"。

18. 占不速：《易经·需卦》"不速，不来也"。

19. 四座：杜甫《夜听许十一诵诗爱而有作》"四座皆辟易"。

20. 抗言：陶渊明《移居》"邻曲时时来，抗言谈在昔"。

【简评】

落落抒怀，词意清雅。

迴澜亭

后 记

　　某日，县文旅局王峰书记跟我通电话，说是县博物馆只有陈沆的状元卷残卷，问我哪里有完整的陈沆状元卷。

　　王书记的话勾起了我同样的疑问：一天我路过丽文广场，见到墙壁上的陈沆状元卷是一张残卷，我当时就想，为什么不采取技术手段将状元卷补充完善？难道世上已经找不到完整的陈沆状元卷？

　　放下电话，我想《陈沆集》里或有完整的状元卷，于是从孔夫子旧书网上网购了一本《陈沆集》，让人兴奋的是里面果真有陈沆的状元卷。不仅如此，里面还提到《历代金殿殿试鼎甲硃卷》中也收录了陈沆的状元卷。于是，我又通过孔夫子旧书网购买了《鼎卷》一书。

　　通过对比校正，我整理了一个比较完整的陈沆状元卷。状元卷整理好后，我想到了与状元卷相伴的试帖诗。陈沆的试帖诗在晚清十分有名，曾有多种注释版本行世。经查《陈沉集》和《陈沉状元诗文选》，都没有收录完整的试帖诗，县博物馆也无单行本的试帖诗藏馆。于是，我又将试帖诗一并校注了一遍，以丰富县博物馆馆藏。

不知不觉中，校注竟有五万多字，朋友们鼓励我印出来作为资料，以备同人研究参考。

感谢毕光明教授为本书作序！感谢杨毅和陈静老师的精心校对、朱兴中及瞿瑞甫老师的精心指导！

阎生权

2024 年春节于浠城

图书在版编目（CIP）数据

陈沆的状元卷和试帖诗 / 浠水县博物馆编；阎生权校注 . -- 北京：中国文史出版社，2024. 10. -- ISBN 978-7-5205-4947-9

Ⅰ . D691.46；I222.749

中国国家版本馆 CIP 数据核字第 20245ZU425 号

责任编辑：梁　洁
绘　　图：范瑶怿
装帧设计：杨飞羊

出版发行：中国文史出版社

社　　址：北京市海淀区西八里庄路 69 号　邮编：100142
电　　话：010-81136606　81136602　81136603（发行部）
传　　真：010-81136677　81136655
印　　装：黄石市精信彩印科技有限公司
经　　销：全国新华书店
开　　本：32
印　　张：7.75
字　　数：200 千字
版　　次：2025 年 1 月北京第 1 版
印　　次：2025 年 1 月第 1 次印刷
定　　价：62.00 元